촛불소녀, 청년 전태일을 만나다

촛불소녀, 청년 전태일을 만나다

청소년 성장소설 십대들의 힐링캠프, 공정

[십대들의 힐링캠프®] 시리즈 **NO.37**

지은이 ㅣ 박기복
발행인 ㅣ 김경아

2021년 11월 9일 1판 1쇄 인쇄
2021년 11월 13일 1판 1쇄 발행

이 책을 만든 사람들
책임 기획 ㅣ 김경아
기획 ㅣ 김효정
북 디자인 ㅣ KHJ북디자인
표지 삽화 ㅣ 정지란
교정 교열 ㅣ 좋은글
경영 지원 ㅣ 홍종남

이 책을 함께 만든 사람들
종이 ㅣ 제이피씨 정동수 · 정충엽
제작 및 인쇄 ㅣ 천일문화사 유재상

청소년 기획위원
정가인, 양태훈, 양재욱

펴낸곳 ㅣ 행복한나무
출판등록 ㅣ 2007년 3월 7일. 제 2007-5호
주소 ㅣ 경기도 남양주시 도농로 34, 다산 플루리움 301동 301호(다산동)
전화 ㅣ 02) 322-3856 팩스 ㅣ 02) 322-3857
홈페이지 ㅣ www.ihappytree.com
도서 문의(출판사 e-mail) ㅣ e21chope@daum.net
내용 문의(지은이 e-mail) ㅣ yesreading@gmail.com
※ 이 책을 읽다가 궁금한 점이 있을 때는 지은이 e-mail을 이용해 주세요.

ⓒ 박기복, 2021
ISBN 979-11-88758-38-8
"행복한나무" 도서번호 : 139

촛불소녀, 청년 전태일을 만나다

박기복 지음

나는 돌아가야 한다.

꼭 돌아가야 한다.

불쌍한 내 형제의 곁으로,

내 마음의 고향으로,

내 이상의 전부인 평화시장의 어린 동심 곁으로,

생을 두고 맹세한 내가,

그 많은 시간과 공상 속에서,

내가 돌보지 않으면 아니 될 나약한 생명체들.

나를 버리고,

나를 죽이고 가마.

조금만 참고 견디어라.

너희들은 내 마음의 고향이로다.

- 전태일(1970년 8월 9일) -

"불꽃이 아니면 침묵의 밤을 밝힐 수 없다."

1988년 4월 18일

전태일 기념사업회에서

전태일 평전을 만나고 제가 쓴 문장입니다.

불꽃은 촛불이 되고 들불이 되어 이 세상을 바꾸었습니다.

지금도 우리 주변에는 수많은

전태일이 살고 있으며,

고단한 노동 속에서 희생당하고 있습니다.

전태일 열사에게,

그리고 고 김용균, 이선호 님에게

이책을 바칩니다.

시우 박기복 -

차례

★ 각 장의 제목은 전태일 열사의 유서와 말에서 인용했습니다.

등장인물 소개

김소희 _ 큰 회사를 운영하는 아빠를 둔 중학교 2학년 여학생. 방학식을 하는 날 학교에서 습격을 당한 뒤 범인을 찾기 위해 용의자들을 추적한다.

김고담 _ 김소희 동갑내기 사촌으로 프로파일러가 꿈인 남학생. 김소희와 함께 범인을 잡으려고 자신이 지닌 재능을 적극 활용한다.

송근우 _ 몸에 먼지가 많고 냄새도 풍긴다는 이유로 김소희에게 놀림당한 피해자. 김소희를 공격한 용의자로 지목당한다.

서안나 _ 틈만 나면 책을 읽는 독서광. 밥도 제대로 못 먹을 만큼 가난하면서 책을 좋아한다는 이유로 김소희에게 (책)벌레라고 놀림을 당한다.

임혜서 _ 공부를 아주 잘하는 여학생. 오빠가 산업재해로 사망하는 비극을 당한다.

이진석 _ 김소희와 친하게 지내는 일진 남학생. 김소희를 도와 범인을 잡으려고 노력한다.

이은진 _ 연예인 못지않게 예쁜 여학생. 자기 외모를 믿고 나대다가 김소희와 강하

　　　　게 충돌한다.

박형준 _ 이은진이 사귀는 일진 남학생. 약점을 잡아서 최필립을 괴롭힌다.

최필립 _ 엄마는 미혼모, 새아빠는 이주노동자인 남학생. 박형준 아빠가 운영하는

　　　　가구회사에 새아빠가 다닌다는 이유로 박형준에게 기가 죽어서 지낸다.

01.
하늘이 나에게만 꺼져 내려온다

햇볕 한 줌 없는 좁은 공간이다.

창문도 환풍기도 없는 공간에 먼지가 풀풀 날린다.

독한 냄새에 숨이 막힌다.

감당 못 할 무게가 어깨를 짓누른다.

하늘이 나에게만 꺼져 내려온다.

콧구멍에 먼지가 쌓인다.

숨쉬기가 힘든데 졸리다.

약을 먹고 잠을 쫓아낸다.

빵 냄새가 난다.

먹고 싶은데 빵은 보이지 않는다.

촛불소녀, 청년 전태일을 만나다

배가 고파 손가락을 빤다.

검은 피를 울컥 쏟는다.

손바닥에 검은 피가 고인다.

낡은 책이 펄럭이며 날아온다.

책에서 빛이 나자 뿌연 먼지가 선명히 보인다.

고통이 점점 옅어진다.

고통에서 벗어날 희망이 생긴다.

책을 잡으려 손을 뻗는다.

검은 피가 묻은 손으로 책을 잡는다.

엷은 웃음이 책장과 함께 살아난다.

기쁨이 피어오르려는 그때, 책에 불이 붙는다.

검붉은 불이 타오른다.

불이 내 몸에 옮겨 붙는다.

불을 끄려고 몸부림친다.

검붉은 불꽃이 악마처럼 온몸을 집어삼킨다.

육신이 습기 하나 없는 재로 무너진다.

"아아악!"

두려움에 울부짖었다.

"소희야!"

엄마가 나를 껴안았다.

"불이… 내 몸에 불이……."

온몸에 땀이 흥건하고, 눈물이 멈추지 않았다.

"그래, 그래, 괜찮아. 이제 괜찮아."

엄마는 왼손으로 어깨를 잡고 오른손으로 내 볼을 쓰다듬었다.

"걱정하지 마, 이제 안전해."

엄마가 거듭 나를 달랬다. 엄마 손길에 두려움이 조금은 가라앉았다.

호흡을 가다듬으며 감각을 되살렸다. 팔에서 쿡쿡 쑤시는 느낌이 났다. 통증이 느껴지는 부위를 보았다. 오른쪽 손목부터 팔꿈치까지 붕대가 감겨 있었다. 왼손으로 붕대를 만지려고 했다. 왼손이 부자연스러웠다. 어깨가 아팠다. 약물을 주입하는 주삿바늘이 꽂힌 손목이 아릿했다. 느리게 왼손을 옮겨 오른팔을 쓰다듬었다. 붕대가 살갗을 만지지 못하게 가로막았다.

칼에 찔린 듯한 극심한 고통이 느닷없이 일어났다.

"으으윽!"

나도 모르게 신음을 토해 냈다.

붕대로 가려진 살갗이 뜨겁다.

뜨거운 기운이 요동치며 살갗을 헤집는다.

검붉은 괴물이 혀를 날름거리며 붕대를 뚫고 나온다.

팔이 다시 타오른다.

"엄마! 불…, 불!"

불을 끄려고 다급하게 오른손을 움직였다. 불이 붙은 붕대를 뜯어
내리려고 했다.

"그러지 마!"

엄마가 왼팔을 잡았다.

"안 돼. 화상 때문에 막아 놓은 거야."

팔을 빼려는데 엄마 힘을 이기기 힘들었다.

"놔. 놓으란 말이야. 불이 붙었어. 불을 꺼야 해."

하얀 천장이 노랗게 얼룩졌다.

"아파! 아프단 말이야!"

팔뚝에서 고약한 악취가 났다.

"아아아악!"

비명을 지르며 발버둥쳤다. 엄마도 더는 나를 이기지 못했다. 약물
을 주입하던 줄이 엉망으로 엉켰다. 심장이 무섭게 뛰었다. 기계가 긴
박하게 요동쳤다.

"간호사! 간호사!"

엄마가 다급하게 외쳤다.

뿌연 먼지가 숨을 막는다.

호흡을 할 때마다 먼지가 폐를 망가뜨린다.

숨이 가쁘다.

정신이 흐릿해진다.

불을 꺼야 하는데…….

불을 꺼야 내가 사는데…….

"소희는 좀 괜찮니?"

할머니 목소리가 들렸다. 꿈인지 생시인지 명확하지 않았다.

"한 이틀 고생하다가 이제 좀 안정을 찾았어."

내가 깨었다 잠들기를 거듭했나 보다.

"이만하길 천만다행이지."

따뜻한 촉감이 왼손으로 전해졌다. 할머니는 내 손을 어루만지고 쓰다듬었다.

"네 몰골도 말이 아니네."

할머니가 엄마를 걱정했다.

"김 서방이 걱정하더라. 이틀 동안 잠도 제대로 못 잤다고."

"이 정도는 괜찮아."

말과 달리 엄마 목소리에는 지친 기색이 역력했다.

"그러다 너까지 쓰러지면 어쩌려고……. 집에 가서 좀 쉬다 와. 그동안은 내가 소희 옆에 있을 테니."

"그… 그럴까?"

"그래. 네가 건강해야 소희도 빨리 털고 일어나지."

"아… 알았어, 그럼 부탁할게."

엄마가 짐을 챙기는 소리가 들렸다. 엄마가 나가자 할머니가 내 옆으로 바짝 다가와 앉았다. 할머니에게서만 나는 독특한 체취가 후각으로 전해졌다. 먼지와 악취로 괴롭던 후각이 평온함을 되찾았다. 할머니는 내 손을 꼭 쥐고 이마를 쓰다듬더니, 토닥토닥 손등을 두드렸다. 익숙하고 오래된 감각이 되살아났다.

아주 어릴 때 나는 할머니 품에서 자랐다. 당시에는 아빠 회사가 어려웠다. 엄마는 아빠 회사 일을 돕느라 엄청 바빴다. 네 살 터울인 오빠는 고모가 돌봤고, 나는 할머니와 지냈다. 고모도 할머니도 나와 오빠를 한꺼번에 돌볼 여력은 안 됐다.

할머니는 마술사였다. 드르륵, 달그락, 또르륵 하는 소리가 들리면 마법처럼 신기한 물건이 뚝딱 나왔다. 할머니는 예쁜 인형, 고운 옷, 화려한 장식품을 아무렇지 않게 만들었다. 초등학교에 들어가기 전까지 나는 할머니가 만들어 준 옷만 입었다. 엄마가 백화점에서 사 준 옷보다 할머니가 만들어 준 옷이 더 예뻤다.

한번은 무서운 환상에 시달리느라 잠들지 못했던 적이 있었다. 할머니가 그림책을 서너 권 읽어 줬지만, 여전히 눈만 감으면 나타나는 무서운 환상 때문에 잠들지 못했다. 한참 나를 달래던 할머니가 내 방에서 나갔고, 드르륵, 달그락, 또르륵 하는 소리가 들렸다. 할머니가 마술을 부리는 소리였다. 할머니가 다시 방으로 돌아왔을 때 할머니 손에는 작은 인형이 들려 있었다. 나는 그 인형을 보자마자 그림책에서 보았던 걱정인형임을 알아챘다. 할머니는 걱정인형을 하나씩 내게 소개해 주며 걱정을 덜어 내라고 했다. 걱정인형을 머리맡에 놓자 거짓말처럼 환상이 사라졌고, 나는 편안히 잠들었다. 내가 잠들 때까지 할머니는 내 손을 꼭 쥐고 얼굴을 쓰다듬어 주었다.

"일어났니?"

눈을 떴다. 손으로 전해지는 촉감보다 따스한 눈빛이 먼저 나를 맞이했다.

"좀 어때?"

할머니가 붕대 위를 쓰다듬었다.

"괜찮아요."

눈만 뜨면 무섭게 나를 괴롭히던 고통이 일어나지 않았다. 할머니가 또다시 마술을 부린 듯했다.

"엄마가 사흘 동안 잠도 거의 못 자고 너를 보살피다 조금 전에 갔어."

사흘이 영원처럼 아득했다.

몸이 답답했다. 윗몸을 일으키려는데 힘이 들어가지 않았다. 할머니 도움을 받아서 윗몸을 바로 세웠다.

"사흘 동안 아무것도 못 먹었다더니 몸에 힘이 하나도 없구나."

그제야 허기가 느껴졌다.

"할머니, 배고파요."

"그래, 죽을 사 와야겠구나."

할머니가 자리에서 일어났다.

"잠깐 혼자 있어도 괜찮겠니?"

"네! 다녀오세요."

할머니가 병실을 나갔다. 나는 주위를 둘러봤다. 병실은 나 혼자밖에 없었다. 공간이 넓고 쾌적했다. 왼손에는 여전히 주삿바늘이 꽂혀 있었다. 느리게 왼손을 움직여 오른팔을 쓰다듬었다. 붕대 위를 만지며 내가 습격을 당했던 순간을 떠올렸다.

방학을 하는 날이었다. 아침에 선생님은 무의미한 규율과 규칙을 프로그램처럼 늘어놓았다. 듣지도 지키지도 않을 하나 마나 한 잔소리를 힘들게 버렸다. 조회가 끝난 뒤에는 청소 시간이었다. 사물함도 정리하고, 교실과 복도를 깨끗이 닦고, 학교 구석구석을 구역별로 나누어 청소했다. 맡은 곳을 제대로 치워야 방학식이 열리기에 다들 부지런히 움직였다. 나는 사물함만 대충 정리하고 빠져나왔다. 귀찮은 일에 몸을 쓰고 싶지 않았다.

테니스장 옆에 위치한 창고 뒤에는 제법 높은 담벼락이 있는데, 담벼락을 넘어가면 선생님들이 모르는 은밀한 공간이 나온다. 처음에는 남자애들이 도와주지 않으면 담장을 못 넘었지만, 익숙해지면서 혼자서도 가뿐하게 넘게 되었다. 창고 쪽에는 청소하는 사람이 눈에 띄지 않았다. 나는 능숙하게 담장을 넘었다. 무성한 나무로 가려진 공간에서 나는 혼자 한가한 시간을 보냈다. 청소가 끝나면 방학식이기에 시간에 맞춰 담장을 다시 넘었다.

창고 뒤는 깨끗이 청소된 상태였다. 교실로 곧장 가려는데 테니스장 쪽에서 이상한 소리가 났다. 고양이 울음 같기도 하고, 기계가 작동할 때 나는 소음 같기도 했다. 궁금증에 이끌려 테니스장으로 걸음을 옮기는데 갑자기 강한 충격이 뒤통수를 때렸다. 눈에 불꽃이 튀었고, 다리가 부러진 책상처럼 바닥으로 엎어졌다. 고꾸라진 내 몸이 어떤 힘에 밀려 똑바로 눕혀졌다. 흐릿한 움직임이 느껴지는데 내 눈에 보이는 것인지, 아니면 상상 속 장면인지 명확하지 않았다. 오른팔이 들렸다. 누가 내 손목을 잡은 것 같은데 감각이 느껴지진 않았다. 갑자기 팔에서 강한 열기가 느껴졌다. 매캐한 냄새도 났다. 열기가 먼저인지 냄새가 먼저인지는 잘 모르겠다. 팔뚝에서 올라오는 고통은 상상 이상이었다. 살갗이 갈기갈기 찢기고 날카로운 바늘로 피부를 마구잡이로 찔러 대는 듯했다. 비명을 지르려고 했지만, 소리가 나오지 않았다. 온몸을 부들부들 떨다가 의식이 끊겼다.

습격을 당했을 때 느꼈던 감각이 불분명하게 떠올랐다. 괴이한 냄새를 맡은 것 같기도 하고, 뚜렷하진 않지만 검은빛에 휘감긴 어떤 이를 본 것 같기도 했다. 후각, 촉각, 시각이 흐릿한 이미지로 떠오르기는 하는데 무엇 하나 뚜렷하지 않았다. 현실과 상상이 뒤죽박죽이었지만 두 가지는 명확했다. 누가 뒤에서 내 뒤통수를 둔기로 때렸고, 내 오른팔을 불로 지져서 화상을 입혔다. 누가 나를 공격했을까? 이런 끔찍한 짓을 저지른 이유는 무엇일까? 생각에 집중하자 팔에서 다시 고통이 일었다. 목에 힘을 주고 이를 악물었다. 심장이 빠르게 뛰었다. 온몸에서 땀이 나고, 기계음이 점점 빨라졌다.

"이런, 온통 땀이네."

할머니는 들어오자마자 걱정스럽게 나를 바라보더니, 이마에 흐르는 땀을 정성스럽게 닦아 주셨다. 할머니 손이 닿자 신기하게도 통증이 깨끗이 사라졌다. 어린 시절 내 걱정을 데려간 걱정인형처럼 할머니 손은 내 통증을 사라지게 했다. 마법 같은 현상이었다.

* * *

문이 살짝 열리고 익숙한 머리 모양이 나타났다. 머리는 두리번거리기만 할 뿐 안으로 들어올 기미를 보이지 않았다.

"들어오려면 들어오고 아니면 문 닫아."

내가 짜증을 내자 장난기를 잔뜩 머금은 얼굴이 삐죽 튀어나왔다.

"들어가도 됩니까?"

"병문안을 왔으면 제대로 해."

내가 그 정도로 다그쳤으면 바로 들어올 만도 한데, 김고담은 여전히 가만히 서서 병실 곳곳을 살피기만 했다.

"뭐 해?"

"프로파일러 신조 5번, 새로운 곳에 가면 꼼꼼하게 살피기!"

"병실까지 찾아와서 꼭 그리 해야겠냐?"

내가 팔을 만지며 아픈 시늉을 하자 그제야 김고담은 병실 안으로 들어왔다. 김고담은 나한테 곧바로 오지 않고 주머니에서 돋보기를 꺼내더니 병실 구석구석에 돋보기를 들이댔다. 하는 짓이 사뭇 진지했다. 한바탕 잔소리를 해대려다가 어릴 때부터 숱하게 지켜본 이상한 짓 가운데 하나이기에 그만두었다.

김고담은 동갑내기 사촌이다. 내가 초등학교에 들어갈 때 근처 동네로 이사를 왔다. 김고담은 작은 아빠를 닮아서 우스갯소리를 잘하고 장난을 좋아한다. 짓궂은 장난도 자주 쳤는데, 기분 나쁘지 않은 정도에서 멈출 줄 알았다. 프로파일러가 나오는 소설을 읽은 뒤부터 김고담은 자기 꿈이 프로파일러라고 떠벌리고 다녔다. 나를 만날 때마다 내 표정만 보고도 내 심리를 읽을 수 있다면서 집요하게 파고들었고, 지나가는 사람을 보면서 이런저런 추측을 하기도 했다. 돋보기를 들고 다니며 탐정 흉내를 내는 짓은 질리도록 자주 했다.

김고담은 병실을 꼼꼼하게 살핀 후에야 내 옆으로 다가왔다.

"뭣 좀 발견했어?"

나는 진지한 척하며 물었다.

"병실이 지나치게 깔끔해."

"그럼 지저분해야 하냐?"

"그게 아니라 외할머니가 네 병간호를 한다는 증거라고."

내가 어느 정도 회복하자 엄마는 고3인 오빠를 뒷바라지하느라 바빠서 병실에 오지 못했다. 그 때문에 할머니가 주로 내 병간호를 했는데 김고담이 그걸 알아낸 것이다. 제법이라고 인정해 주면 기고만장할 듯해서 일부러 깎아내렸다.

"숙모한테 들었냐?"

"듣기는 뭘 들어. 병실 상태를 딱 보면 알지."

김고담이 그렇다고 하면 그 말은 믿어야 한다.

"칫! 겨우 그 정도 알아냈다고 잘난 척은……."

김고담은 의자를 끌어와서 침대 옆에 앉았다.

"뒤통수를 얻어맞았다더니, 거기는 괜찮나 보네?"

김고담이 돋보기를 내 어깨에 대는 시늉을 했다. 꽤 예리한 관찰력이어서 조금 감탄했다. 그렇지만 내가 추켜세우면 과도하게 으스대며 잘난 척할 게 뻔하기에 일부러 심드렁하게 반응했다.

"그러게."

나는 왼손으로 뒤통수를 어루만졌다. 강하게 얻어맞은 듯한데 상처도 없고, 아픔을 느끼지도 못했다. 꼼꼼하게 검사했지만, 머리나 목에는 아무런 이상이 없었다. 화상을 입은 오른팔만 화상을 입은 후유증에 시달렸다.

"혹시 의사 선생님이 이상하다고 안 해?"

김고담이 심각하게 물었다.

"무슨 말이야?"

영문을 몰라서 되물었다.

"머리가 돌이라고……."

그제야 무슨 의도인지 알아차렸다.

"이게 정말~."

이런 상황에서도 놀리다니 김고담다운 장난이었다. 여느 때처럼 오른팔을 휘둘러 한 대 치려는데 전기가 통하듯 찌릿한 통증이 팔 전체로 번졌다. 팔이 허공에서 부들부들 떨렸다. 나는 인상을 찌푸리며 오른팔을 천천히 내렸다.

"많이 아프냐?"

김고담이 걱정스럽게 물었다.

"됐어."

새침하게 튕겨 내고는 왼손으로 오른팔을 조심스럽게 어루만졌다. 통증이 달팽이가 기어가듯이 천천히 잦아들었다. 평소 같으면 내가 아픈 시늉을 해도 더 심하게 장난쳤을 김고담인데, 그때는 구겨진 내 인상이 펴질 때까지 가만히 기다렸다.

"아직도 통증이 심한가 보네."

"통증은 참을 만해. 통증보다는……."

통증보다는 악몽이 나를 더 힘들게 한다고 말하려다 입을 다물었다.

내가 꾸는 악몽이 똑같지는 않지만, 분위기는 늘 엇비슷하다. 퀴퀴한 악취, 숨 막힐 듯한 먼지와 함께 온몸을 태울 듯한 불길이 나를 쫓아온다. 치료받으면서 통증은 점점 잦아들었지만, 악몽은 그에 반비례하며 늘어났다. 악몽을 꿀 때면 얼른 깨어나고 싶은데 내 의지와 달리 깰 수가 없었다. 불길이 괴물처럼 혀를 날름거리다 사라질 때까지 악몽은

이어졌고, 내 정신은 그만큼 공포에 몸부림쳤다.

　김고담에게 내가 악몽을 꾼다는 말은 하지 않았다. 할머니에게도 털어놓지 않았다. 이유는 모르지만, 입 밖으로 꺼내서는 안 될 듯해서 아무에게도 악몽을 꾼다는 이야기는 하지 않았다.

　"나도 범인이 누군지 궁금해."

　김고담은 내가 하려다 멈춘 말이 범인에 관한 궁금증과 두려움이라고 어림한 모양이었다.

　"경찰이 여기 와서 조사하고 갔어."

　"경찰한테 직접 조사를 받았어?"

　김고담은 대놓고 부러워하는 티를 냈다. 프로파일러가 꿈인 김고담은 범죄 뉴스만 나와도 모든 걸 제쳐 두고 집중한다. 그러니 경찰을 만나 조사를 받은 내 경험을 특별하게 여길 만했다.

　"그렇게 부러워할 만한 경험은 아니야. 습격을 당하던 기억을 세세히 묘사할 때마다 고통스러웠고, 누가 범인일지 의심하며 내 주변 사람들을 낱낱이 뒤지는 짓에는 짜증이 났으니까."

　"경찰이 뭐래?"

　김고담 얼굴이 바짝 다가왔다.

　"네 호기심 채워 줄 기분 아니야."

　"쳇! 나한테 그런 일이 일어나야 했는데……."

　김고담은 입술을 삐죽 내밀고는 몸을 뒤로 빼며 팔짱을 꼈다.

　"붕대 감고 이 자리에 누워 봐. 그런 소리 안 나올 테니."

내가 그렇게까지 말했음에도 김고담은 여전히 부러움을 감추지 않았다. 뭐라고 타박을 하려는데 갑자기 목이 말랐다.

"물 한 잔만 따라 줄래?"

김고담은 군말 없이 일어나서 정수기 쪽으로 갔다. 잔을 들어 시원한 물을 받는 김고담 뒷모습을 보는데 방을 밝히는 전구가 깜박였다.

'저게 왜 저러지?'

별생각 없이 깜박이는 불빛을 보았다.

푸석푸석한 먼지 냄새가 난다.

창문을 가린 블라인드가 시커멓게 변하더니 밖에서 들어오는 모든 빛을 차단한다.

천장이 낮아지며 깜박이는 전구가 점점 가까워지더니 눈이 침침해진다.

어깨가 짓눌리고, 숨은 가빠지고, 악취는 신경을 마비시킨다.

"야! 너 왜 이래?"

어깨가 흔들리며 천장이 올라가고 악취는 사라지고 빛은 다시 창문을 넘어 들어왔다. 김고담이 건네는 물을 거칠게 들이켰다. 급하게 마신 탓에 사레가 들렸는지 기침이 나왔다. 김고담이 내 등을 두드렸다.

"괜찮아?"

맑은 공기를 마시고 싶었다. 그동안 나는 혼자서는 병실을 나가지 않았다. 혹시 범인이 또 찾아와서 공격할까 봐 두려웠기 때문이다.

"밖으로 나가고 싶어."

"아직 퇴원할 때가 안 됐다는 거 알잖아."

"그거 말고. 맑은 공기를 마시고 싶다고."

"아, 미안!"

나는 김고담에게 수액을 거치대에 걸게 했다. 복도로 나오니 답답함이 조금은 가셨다. 나는 느리게 걸었고 김고담은 수액 거치대를 끌면서 내 뒤를 따랐다. 병원 복도를 걷다가 바깥 풍경이 보이는 창문 앞에 섰다. 거추장스러운 주삿바늘은 빼 버리고 햇살을 받으며 마음껏 걷고 싶었다.

"밖으로 나갈래?"

김고담이 내 바람을 알아차렸다.

"그러고 싶지만 아직은 햇볕을 받으면 안 된대."

바깥 풍경을 보니 괜히 심란해졌다. 얼른 그 자리를 떠났다. 병원 이곳저곳을 다니며 구경했다. 김고담은 분위기를 풀어 주려고 최근에 개발했다는 우스갯소리를 잇달아 꺼내 놓았다. 그래 봐야 별로 웃기지도 않았지만 답답함은 조금 가셨다.

"라면 끓일 때 뭐부터 넣어야 가장 맛있는지 알아?"

"스프부터 넣어야 하지 않아?"

"쯧쯧쯧, 틀렸어."

김고담이 내 대답을 비웃었다.

"그럼 면을 먼저 넣어야 하나? 내가 알기로는 아닌데……."

라면을 끓이는 동영상을 본 기억을 떠올리며 고개를 갸우뚱했다.

"면도 아니야."

"그럼 뭐야? 같이 넣어야 하는 거야?"

"그것도 틀렸어?"

"그럼 뭔데?"

제대로 된 답을 못 하면 따끔하게 구박하려고 작정하며 따져 물었다.

"그건 말이야……."

김고담이 뜸을 들였다. 이런 문제를 내놓고 늘 하는 짓이어서 재촉
하지는 않았다.

"물부터 넣어야 해."

"뭐?"

"라면을 끓이려면 냄비에 물부터 넣어야 한다고."

"야, 그건 당연하잖아."

"당연하다니? 너는 조금 전까지 면이나 스프를 먼저 넣어야 한다고
했잖아."

김고담은 치열한 대결에서 승리라도 한 듯이 거만하게 굴었고, 나는
어처구니가 없어서 헛웃음이 나왔다. 시답지 않은 농담이었지만 마음
은 가벼워졌다. 입원해 있는 내내 나는 내가 겪은 사건과 나를 괴롭히
는 고통에만 붙잡혀 지냈는데, 김고담은 처음으로 나를 그런 수렁에서
벗어나게 해 주었기 때문이다.

촛불소녀, 청년 전태일을 만나다

그때 휴게실 쪽에서 익숙한 목소리가 들렸다.

"이보세요, 김 형사님! 지금 그걸 말이라고 하세요?"

아빠는 화가 잔뜩 나 있었다.

"그게…, 저도 믿기지 않습니다."

김 형사는 아빠 앞에서 쩔쩔맸다.

"어떤 놈이 우리 딸 몸에 불을 붙였어요!"

"저도 압니다. 분명히 따님이 화상을 입었는데 불을 붙인 증거는 못 찾았습니다."

"현장 조사를 제대로 못 한 거 아니에요?"

"과학수사대가 꼼꼼하게 다 조사했는데, 공격자를 특정할 만한 아무런 증거를 발견하지 못했습니다. 따님이 당한 상처나 증언 말고는 증거가 하나도 없습니다."

"학교에서 벌어진 사건이라고 대충 수사하는 건 아니겠죠?"

"그럴 리가 있겠습니까? 서장님께서도 특별 지시를 하셔서 저희도 최선을 다해 수사하고 있습니다."

아빠는 짜증을 내더니 거칠게 전화를 걸었다.

"지청장님과 약속 잡으라고 한 거 어떻게 됐어? …… 그 계약일이랑 일정이 겹친다고? …… 그럼 계약일을 조정해서 지청장님과 일정을 맞춰. …… 그래! 그때로 해. …… 박 서장님께도 연락을 넣어 봐. …… 빨리 처리해."

아빠가 전화를 끊자 김 형사는 더욱 안절부절못했다. 아빠는 내가 사는 시에서 큰 회사를 운영한다. 고위층 인사들과 맺은 친분도 꽤나 두텁다.

"김 형사님!"

"네,"

"이건 살인미수 사건이에요."

"……."

"동의 안 하세요?"

"……."

"수사가 계속 지지부진하면 언론도 가만히 안 있을 테니 알아서 하세요."

"……."

"학생들 쪽만 수사하지 말고, 그 불순분자들이 벌인 짓인지도 수사하세요."

"솔직히 범행 수위나 잔인함을 고려했을 때 저는 그쪽이 더 가능성이 높다고 생각합니다."

"처음으로 저와 생각이 일치하는군요."

그때 옆에서 가만히 대기하고 있던 아빠 수행비서가 아빠 귀에 대고 조용히 속삭였다. 아빠는 가만히 듣더니 차분하게 지시를 내렸다.

"그럼 저는 이만 가 보겠습니다."

"그래요. 제가 심하게 다그쳐서 미안하지만, 제대로 수사해 주세요. 딸이 그런 일을 당한 아빠 심정을 좀 헤아려 주시고."

"잘 알고 있습니다."

"수사에 진척이 있거나 내게 협조를 구할 일이 있으면 윤 변호사 통해서 하세요. 윤 변호사는 아시죠?"

"네. 알고 있습니다."

김 형사가 아빠에게 꾸벅 인사를 하고 그 자리를 떴다. 김 형사를 보내고 아빠는 병실 쪽으로 걸음을 옮겼다. 나는 재빨리 아빠를 향해 다가갔다.

"아빠!"

02.
뇌성 번개가 이 작은 육신을

나는 여름방학이 끝나는 날 퇴원했다. 소중한 여름방학을 통째로 날린 것이다. 상처 부위에서 더는 통증이 느껴지지 않았지만, 화상 부위가 햇살에 노출되면 좋지 않기에 붕대를 감고 다녀야 했다. 퇴원하는 날까지 범인은 잡히지 않았다. 아빠는 친분을 이용해 검찰청 고위 간부와 지역 경찰서장까지 만나서 재촉했지만, 수사는 한 걸음도 나가지 못했다. 경찰은 아빠 회사와 관련된 불순한 사람들 쪽에 초점을 맞춰 수사를 진행했다.

나름 사정이 있고 근거가 있어서 그러겠지만 내 생각은 달랐다. 나는 범인이 우리 학교 학생일 가능성이 크다고 판단했다. 특별한 증거는 없지만 내 직감이 그랬다. 어른들에게 내 생각을 말하지는 않았다.

뚜렷한 증거가 없기 때문은 아니었다. 내 직감을 납득시키려면 내 학교생활을 꼬치꼬치 털어놔야 하는데 그럴 수는 없었다. 결국 내가 마음 놓고 의논할 상대는 김고담뿐이었다.

등굣길에 김고담에게 내 생각을 털어놓았다. 김고담이 나와 같은 아파트 단지에 살기에 같이 등교한 것은 아니다. 내가 혹시 또 나쁜 일을 당할까 봐 엄마가 김고담에게 부탁해서 등하굣길을 같이 다니기로 했다. 이를테면 김고담이 내 경호원 노릇을 하는 셈이다.

"그러니까 네 말은 범인이 우리 학교 학생 가운데 있다는 거잖아."

"그렇게 단정하지는 않았어. 그럴 가능성이 크다는 거지."

"그러니까 내가 작작 하라고 몇 번이나 말했냐."

김고담이 까칠하게 굴었다.

"내가 뭘 어쨌다고?"

"네 직감이 왜 그러겠어? 그동안 네가 벌인 짓이 딱 원수 만들기 좋았으니까 그렇지."

"너, 말 함부로 하지 마."

"사촌이니까 하는 말이야."

평소답지 않은 태도에 짜증이 치밀었다.

"너는 내가 그런 일을 당해도 싸다고 믿는 거야?"

"네가 못되긴 했지만 그런 일을 당해야 싸다고 생각하지는 않아."

"못됐단 말을 꼭 앞에 붙여야 속이 시원하냐?"

"꼬장꼬장하기는……."

웃기고 장난치기 좋아하는 김고담이 정색을 하니 낯설었다. 잠시 서먹한 분위기가 흘렀다.

"그래서, 어떻게 할 건데?"

김고담이 막힌 대화 물꼬를 다시 텄다.

"어떡하긴, 내가 직접 잡아야지."

"네가 범인을……?"

김고담 눈이 커지고 입이 벌어졌다.

"내가 못 할 것 같아?"

"의욕은 알겠는데, 방법이 있어?"

"그래서 너한테 이렇게 말하잖아."

김고담 눈이 강렬하게 빛났다.

"돕기 싫어? 돕기 싫으면 싫다고 해."

"누가 싫대."

김고담을 끌어들이려는 내 작전은 성공했다. 김고담은 프로파일러가 꿈인 만큼 범죄에 관한 지식이 나보다 훨씬 많을 뿐만 아니라, 친한 애들이 많아서 정보를 수집하는 데 유리하다. 이러한 장점을 잘 활용하면 범인을 잡는 데 큰 도움이 될 것이다. 무엇보다 나 혼자 범인을 잡으러 다닐 자신이 없었다. 언제 어디서 누가 공격할지 모르기 때문이다. 평소에 어울리는 친구들에게 도움을 요청해도 되지만 김고담만큼 믿음이 가는 친구는 없었다.

교실에 들어가자 친구들이 떼로 몰려왔다. 입원하는 동안 병문안을 아무도 오지 못하게 막았기 때문에 사건이 벌어진 이후로 모두 처음 만났다. 그래서 그런지 다들 유난을 떨며 내 걱정을 했다. 거의 다 진심이 느껴지지 않는 걱정이었지만, 내게 잘 보이려는 뜻을 알기에 일일이 고맙다고 대응해 주었다.

짧은 개학식을 뒤로 하고 수업이 진행되었다. 오랜만에 가만히 앉아 수업을 들으려니 무척 힘들었다. 가끔 오른팔에서 아릿한 통증이 일어나서 집중력을 흐트러뜨렸다. 빨리 점심시간이 오기만 바랐다. 점심시간에도 내 주변에는 나에게 잘 보이려는 친구들로 넘쳐 났다. 내 좌우에는 홍다솜과 유나정이 바짝 붙어 앉아 끊임없이 다친 내 팔을 걱정했고, 정면에 앉은 강지연은 나를 공격한 범인을 욕했고, 강지연 좌우에 앉은 이수정과 신채련은 경찰이 찾아와서 조사한 이야기를 떠벌렸다. 이 다섯 명이 나와 가장 가까이 지내는 친구들이다. 그 바깥 자리에 앉은 애들도 내게 조금이라도 관심을 받으려고 아부를 쏟아 냈다. 몸이 완전히 회복된 상태가 아니기에 그런 상황이 조금 피곤하기는 했지만, 말리지는 않았다.

짐작하겠지만 나는 우리 학교 2학년 여학생 가운데 가장 권력이 세다. 그렇다고 내가 일진은 아니다. 나는 말썽도 안 부리고 공부도 꽤 잘한다. 2학년 1학기 성적만 놓고 보면 내 위로 두 명밖에 없다. 내가 운동을 잘하거나, 아주 예쁘거나, 싸움을 잘하는 재주로 권력을 잡은 것은 아니다. 아무도 나를 함부로 하지 못하고 두려워하는 까닭은 순전히 아빠 때문이다. 앞서도 말했지만, 아빠는 아주 큰 회사를 소유한 회장이다. 내가 어릴 때는 회사가 어려움에 빠지기도 했지만, 초등학교에 들어갈 때쯤부터는 빠르게 성장해서 직원이 수천 명이나 되는 큰 회사가 되었다. 아빠 회사가 학교에서 그리 멀지 않은 곳에 있다 보니 내 주변에는 아빠 회사에 다니는 부모를 둔 학생들이 많았고, 자연스럽게 다들 나에게 잘 보이려고 했다. 내가 그런 상황을 적절히 이용하자 내 지위는 점점 공고해졌고, 아빠 회사와 딱히 관계없는 부모를 둔 애들조차 내 눈에 거슬리지 않으려고 조심했다.

점심을 먹고 교실에서 쉬려는데 잠깐 사라졌던 신채련이 귀엣말을 했다.

"진석이가 좀 보재."

"어딨는데?"

나는 다들 들리게 물었다.

"체육관 뒤."

신채련은 여전히 귀엣말을 했다.

"거기로 근거지를 옮겼어?"

"소희 네가 당한 뒤로 우리가 놀던 데는 출입금지 구역이 됐어. 선생님들이 수시로 단속해. 걸리면 가만 안 둔다고 겁을 줘서 아무도 거기는 안 가."

강지연이 보충 설명을 했다.

선생님들로서는 당연히 조치였다. 나도 그곳에 다시 가기는 싫었다. 나는 이진석을 만나러 체육관 뒤로 갔다. 물론 친구들도 다 데리고 갔다. 혼자서 움직이기는 겁이 났다.

"우리 공주님 왔어?"

이진석이 나를 보자마자 예쁘게 포장한 선물을 건넸다.

"이게 뭐냐?"

"뭐긴, 공주님 퇴원 선물이지."

"여기서 열어도 돼?"

"에이, 그럼 안 되지. 선물은 혼자서."

이진석은 뭐가 그리 좋은지 싱글벙글 웃었다. 이진석 뒤에서 무리 지어 선 남자들이 모두 나만 쳐다보니 조금 부담스러웠다. 나는 옆으로 자리를 옮기자고 고갯짓을 했다. 이진석은 단박에 알아듣고 체육관 뒤로 더 깊이 들어갔다.

"몸은 괜찮아?"

"너 담배 폈지?"

"냄새나냐?"

이진석은 뒷주머니에서 향수를 꺼내더니 몸에 마구 뿌렸다.

"학교에서는 조심해. 걸리면 어쩌려고."

"난 안 걸리니 안심하라고."

이진석은 또다시 활짝 웃었다. 도대체 뭐가 그리 즐거운지 모르겠다.

"나는 왜 보자고 했어?"

"당연한 걸 왜 묻냐? 섭섭하네."

"칫, 내가 네 여자친구라도 되냐?"

여자친구라는 말에 이진석 입꼬리가 길게 벌어졌다.

이진석은 나를 좋아한다. 초등학생 때부터 나를 좋아했다. 좋아한다고 말도 못 하면서 내 주변을 계속 얼쩡거렸다. 솔직히 외모만 놓고 보면 이진석은 꽤 매력이 넘쳤다. 나를 지극정성으로 대하는 태도도 마음에 들었다. 안타깝게도 이진석은 공부를 못할 뿐 아니라, 말썽을 자주 부리는 일진이다. 워낙 운동 능력이 뛰어나서 초등학생 때부터 주먹으로는 상대가 없었다. 그런 남자애와 가깝게 지내기 싫었다. 다가오려는 이진석을 끊임없이 밀어냈다. 만약 그때 그놈만 아니었다면 이진석과 절대 가까워지지 않았을 것이다.

"됐고. 용건이나 말해."

일부러 퉁명스러운 말투를 택했다.

"범인이 아직 안 잡혔다면서?"

"안 그래도 그것 때문에 짜증 나서 미치겠어."

"네 생각은 어때?"

"뭐가?"

"범인이 누구라고 생각해?"

"그걸 알면 내가 가만히 있겠냐?"

"흠, 내가 보기에는 말이야……."

이진석은 마치 탐정이라도 되는 듯 턱을 손으로 받쳤다.

"범인은 학교 안에 있어."

이진석처럼 머리 쓰기 싫어하는 녀석이 나와 같은 결론을 내리니 살짝 놀랐다.

"근거라도 있어?"

"근거라기보다는 오랜 경험에 따른 직감이지."

"직감 좋아하네."

나도 직감으로 이진석과 같은 결론을 내렸으면서도 퉁명스럽게 쏘아붙였다.

"이제껏 내 직감은 한 번도 엇나간 적이 없어."

"잡을 능력은 되고?"

"내가 나서면 금방이지. 내 인맥 알잖아."

머리도 나쁘고 주먹밖에 쓸 줄 모르는 이진석이 범인을 잡는 데 큰 도움이 되리라는 기대는 없었다. 그렇다고 솔직하게 내 생각을 말하지는 않았다. 가만히 따져 보니 이진석이 들쑤시고 다니는 게 그리 나쁘지 않겠다는 생각도 들었다.

"너무 대놓고 조사하면 범인이 꽁꽁 숨어 버릴 테니까 조심해서 찾아."

"나만 믿고 조금만 기다려 봐. 내가 잡아 줄 테니."

"기대할게."

이진석은 내가 자기 고백을 받아 주기라도 한 것처럼 좋아했다.

오후가 되자 이진석이 활발하게 움직이는 게 보였다. 김고담이 조용히 움직이는 데 반해 이진석은 요란하게 학교를 헤집고 다녔다. 조용히 찾아보라는 내 부탁은 그새 잊고 자기 멋대로 행동하고 다녔다. 물론 나는 그럴 줄 예상했고, 그러한 행동이 범인을 잡는 데 도움이 되리라 믿었다.

하굣길에도 김고담은 나를 지켜 주었다. 하루 동안 자신이 어떻게 움직였는지 시시콜콜 늘어놓더니 이진석에 대해 불편한 기색을 내비쳤다.

"진석이는 왜 그렇게 나대냐?"

"걔가 왜?"

나는 이진석을 만나지 않은 척했다.

"범인을 잡는다면서 학교를 마구잡이로 헤집고 다니잖아."

"걔가 날 좋아해서 설레발치는 거야."

"널 좋아하는 건 아는데, 그렇게 하면 방해만 되니까 그렇지."

생각이 다르다고 반박해서 논쟁을 일으키고 싶지는 않았다.

"걔는 내가 말린다고 그만둘 성향이 아니야."

나는 모든 걸 이진석 탓으로 넘겨 버렸다.

"적당히 좀 설치라고 해."

"말은 해 볼게."

대답은 그렇게 했지만 나는 이진석을 말릴 뜻이 전혀 없었다. 나는 한 손에는 이진석, 다른 손에는 김고담이라는 칼을 들고 범인을 잡을 속셈이기 때문이다.

김고담과 같이 집으로 왔다. 승강기에서 내려 현관문을 열려고 하는

데 할머니와 엄마가 다투는 소리가 크게 들렸다. 현관 바로 안쪽에서 다투는지 밖에서도 다 들렸다. 다툼이라고 했지만, 엄마만 큰소리를 지르고 할머니는 차분했다.

"사위한테 도움은 못 줄지언정 피해 끼치는 짓 좀 그만하라고!"

"거듭 말하지만 그건 옳은 일이야."

"나이들었으니 그런 짓 하고 다니지 말라고! 정 그렇게 하고 싶으면 소희 아빠랑 관련이 없는 곳에서 하든가."

"그러니까 더 하는 거야. 나라도 잘못을 바로잡아야지."

"그게 어떻게 잘못이야?"

"넌 알면서 모르는 척하는 거니, 정말 모르는 거니?"

할머니도 목소리가 조금 커졌다.

"나도 알 건 다 알아."

그러고는 엄마 목소리가 애원조로 바뀌었다.

"엄마! 제발 부탁이야. 잠깐이라도 좋으니 김 서방이 곤란하지 않게 해 주면 안 돼?"

"나는 평생 그렇게 살지 않았다."

할머니는 조금도 양보할 기미를 보이지 않았다.

현관문을 건드리는 소리가 들렸다. 나와 김고담은 잽싸게 자리를 피했다. 잠시 뒤 현관문이 열리고 할머니가 나왔다. 곧바로 승강기에 올라타는 할머니 등에 대고 엄마가 소리를 질렀다. 할머니는 들은 척도 않고 승강기 문을 닫았다. 엄마는 현관 앞에서 한참 씩씩거리다가 들어갔다.

나와 김고담은 계단에서 잠시 더 기다렸다. 이런 어른들 다툼은 모른 척하는 게 좋기 때문이다. 내가 병원에 입원했을 때도 엄마는 할머니와 가끔 다퉜다. 남들 눈이 많은 병원이라 큰소리가 나지는 않았지만 오가는 말이 날카로웠다. 두 분이 다투는 까닭을 정확하게는 모르지만, 아빠가 못마땅해하는 일을 할머니가 하는 건 분명했다.

나와 김고담은 5분쯤 비상계단에서 기다리다가 집으로 들어갔다. 엄마는 반갑게 맞아 주려고 애썼지만 짜증이 난 기분을 다 감추지는 못했다. 나는 김고담을 먼저 서재로 들여보낸 후 옷을 갈아입고 서재로 들어갔다. 잠시 뒤 엄마가 간식과 음료수를 챙겨다 주었다. 김고담이 과장되게 고마움을 표하며 엄마 기분을 풀어 주려고 노력했다. 엄마가 나가자 김고담은 가방에서 수첩을 꺼냈다. 수첩에는 범인을 잡기 위해 고민한 흔적이 빼곡했다.

"하루 내내 내가 고민하고 조사를 하긴 했는데……, 이 상태에서는 범위가 지나치게 넓어."

"프로파일러라며? 프로파일러는 곧바로 범인 윤곽을 잡아야 하는 거 아냐?"

"프로파일러도 증거나 자료가 없으면 아무것도 못 해."

"내가 어떻게 당했는지는 이미 알잖아?"

"그걸로 범인 윤곽을 잡을 수 있었다면 경찰은 왜 범인을 못 잡았겠냐? 사건 현장에 증거가 아무것도 없어. 심지어 뒤통수를 때린 도구가

촛불소녀, 청년 전태일을 만나다

무엇인지조차 확실하지 않아. 지금까지 확인된 사실은 뭔지 모를 도구로 네 뒤통수를 때린 뒤, 어떻게 했는지 모르지만 네 오른팔에 화상을 입혔다는 거야."

"그러니까 그걸로 범인이 어떤 놈인지 추리해야지."

"난 셜록 홈즈가 아니야. 셜록 홈즈도 이 정도로는 아무것도 못 해."

"그래서, 못 하겠다는 거야, 뭐야?"

슬슬 짜증이 났다.

"그래서 여기에 필수사항 1번을 써 놨잖아."

김고담이 손가락으로 빨간 글씨를 가리켰다. 내게는 껄끄러운 요구였다.

"말하기 싫어?"

"너라면 좋겠냐?"

"안 하면……."

나는 김고담이 하는 말허리를 잘랐다.

"협박하지 마."

협박에 굴복해서 내 어둠을 드러내기는 싫었다. 협박은 내가 힘없는 애들에게 자주 쓴 수법이었다. 같은 수법에 당하기는 싫었다.

"그게……."

"생각 중이니까 좀 기다려."

내가 거칠게 나가자 김고담은 입을 삐죽 내밀더니 음료수를 집어 들었다.

나는 깊이 고민하는 척했지만 어쩔 수 없는 상황임을 이미 받아들였다. 털어놓고 싶지 않지만, 범인을 잡으려면 필요한 일이었다. 김고담이 비밀을 퍼뜨릴지도 모른다는 걱정은 안 했다. 김고담과 나는 사촌관계라 오랜 시간 같이 지냈다. 무엇보다 김고담은 다른 사람 말을 함부로 입에 올리지 않을 만큼 입이 무겁다. 그렇긴 하지만 내 어둠을 드러내려면 단단한 결심을 해야만 했다.

"어느 정도 수위까지 말해야 해?"

김고담이 음료수를 내려놓고 필기구를 집어 들었다.

"전부. 의심이 가는 사람은 다."

"그게 그렇게 간단하지 않아."

"왜?"

"그런 식으로 하면 나정이나 채련이도 포함해야 하거든."

"걔들은 너랑 맨날 같이 다니는 절친이잖아?"

"친하게 지내기는 하지만, 내가 무시도 많이 했거든."

김고담은 연필을 손으로 빙글빙글 돌리며 골똘히 생각했다.

"좋아. 그럼 이렇게 하자."

김고담은 백지 가운데에 굵은 선을 그었다. 종이가 위와 아래로 나뉘었다.

"네가 무시했거나 살짝 기분이 나빴을 일과 관련된 이름은 아래에 적을 테니까 쭉 나열만 해. 조금 수위 높은 애들은 위에 적을 테니까 왜 그런지 자세한 이야기를 들려줘. 아무래도 강력한 범죄에는 강력한 동기가 있기 마련이니까."

나는 탐탁지 않았지만 어쩔 수 없이 김고담이 하라는 대로 했다. 처음에는 떠오르는 대로 이름을 말했다. 그러다 보니 나에게 악감정을 품은 사람들이 높은 단계부터 낮은 단계까지 자연스럽게 구분이 되었다. 높은 단계에 포함된 몇 명은 나를 공격했을 가능성이 커 보였다.

이름과 사연을 다 적은 김고담이 종이를 찬찬히 살폈다.

"이렇게 많다니? 너도 참⋯⋯."

그러더니 혀를 기분 나쁘게 찼다.

"지금 날 비난하는 거야?"

"비난할 생각은 없는데, 반성은 해야지 않겠어?"

김고담이 하는 충고가 달갑지 않았을 뿐 아니라 옳다고 생각하지도 않았다.

처음부터 내가 일부러 그러지는 않았기 때문이다. 약한 애들이 알아서 내 밑으로 기어들었고, 내가 한마디 하면 기가 죽어서 반항도 못 했다. 나는 비굴하게 구는 애들이 측은해 보이기는커녕 더 만만해 보였고, 그들이 원하는 대로 대했다. 내가 약간 심하게 굴기도 했지만, 다 그럴 만한 사정이 있었다.

"그따위로 기분 나쁘게 굴 거면 그만해."

나는 김고담이 든 공책을 빼앗으려고 손을 뻗었다. 김고담은 내 손을 막더니 공책을 재빨리 자기 가방에 넣었다.

"사건 접수는 끝났어."

김고담은 가방을 메고 일어났다.

"이걸 근거로 자세히 조사한 뒤에 추적할 용의자를 간추려 볼게."

김고담은 내가 듣고 싶은 말을 적절하게 제공했다. 삐딱하던 감정이 제자리로 돌아왔다.

"자신 있어?"

"내가 바로 프로파일러잖아!"

김고담이 유쾌하게 웃었다. 그 웃음이 내게 믿음을 주었다.

김고담은 곧바로 가지 않고 저녁을 나와 같이 먹었다. 저녁을 먹는 내내 김고담은 실없는 농담을 끝없이 던지며 울적한 엄마 기분을 풀어 주었다. 내게는 없는 장점이었다. 김고담을 보내려고 현관문을 열자 아빠가 승강기에서 내렸다. 김고담은 아빠에게 빠르게 인사를 하더니 요란스럽게 승강기에 탔다.

"언제 봐도 유쾌한 녀석이야."

아빠는 김고담에게 가볍게 손을 들어 보였다.

"팔은 어때?"

아빠가 내 손을 잡고 붕대를 감은 오른팔을 근심스럽게 살폈다.

"괜찮아."

"학교생활은?"

"별로 힘들지 않았어."

"조금이라도 불편하면 바로 얘기해."

아빠는 언제나 내게 다정하다. 오빠한테는 깐깐하지만 나한테는 항

상 자상했다. 아빠는 엄마를 보자마자 할머니 얘기를 꺼냈다.

"장모님이랑은 어떻게 됐어?"

"고집불통이셔."

"장모님 때문에 내 체면이 말이 아닌 거 알지? 오늘도 박 서장한테 연락 왔어. 그 할머니 어떻게 해야 하냐고."

"……."

엄마는 마치 죄를 지은 사람처럼 울상을 지었다.

"안 그래도 상황이 복잡한데, 사위한테 무슨 억하심정으로 그러시는지……."

아빠는 거칠게 넥타이를 풀었다.

엄마가 내게 눈짓을 했다. 내 방으로 들어가라는 신호였다. 할머니와 아빠 사이에 벌어진 일이 무엇인지 궁금했지만 끼어들 상황은 아닌 듯했다. 나는 눈치 빠르게 방으로 피했다. 방으로 들어와서는 다치기 바로 전까지 나갔던 진도를 과목별로 확인했다. 여름방학을 통째로 날리는 바람에 내가 입은 타격은 컸다. 수학은 계획했던 한 학기 선행을 못 했고, 영어는 올해 내에 끝내기로 했던 교재를 마무리하기 힘들 듯했다. 무엇보다 과학이 가장 큰 타격을 입었다. 특강으로 집중 학습을 하려던 계획이 깨지면서 모든 계획이 무너져 버렸다. 앞으로 몇 개월은 뒤처진 공부를 따라가기 위해 미친 듯이 노력해야 할 상황이었다. 내일부터 다시 받을 과외를 준비하느라 밤늦게까지 공부하고, 새벽 1시가 되어서야 침대에 누웠다. 오랜만에 공부를 하느라 피곤했는지 금방 잠이 들었다.

처음에는 단꿈이었다.

빨강 파랑 노랑으로 물든 꽃밭 위로 하양 깜장 주황빛 나비가 나풀거렸다. 구름이 흘린 그림자 안에서 맞는 바람은 속까지 시원하게 적셨고, 내딛는 걸음마다 피어나는 새콤달콤한 향기는 박자를 맞춰 흥얼거렸다. 싱그러운 바다 향기에 이끌려 간 백사장에는 화려한 여름옷을 입은 젊은 연인들로 넘쳐 났다. 찰랑거리는 바닷물은 발가락을 간지럽히고 기쁨은 배꼽을 간지럽혔다. 하늘빛으로 눈동자를 채우고 솔바람을 담으려 오른손으로 머릿결을 쓰다듬었다. 하늘하늘한 머릿결이 팔을 스쳤다. 부드러운 머릿결을 느끼며 손을 내리는데……

팔이 쩌릿하다.

텁텁한 먼지가 흩날린다.

숨쉬기가 답답하다.

숨을 들이마실 때마다 까끌까끌한 가시가 허파를 찔러 댄다.

발을 적시던 물은 점점 끈적끈적해지더니 검붉은 빛으로 변한다.

썩은 내가 우중충한 바닷바람에 실려 온다.

벗어나고 싶다.

다시 조금 전에 누리던 평안 속으로 돌아가고 싶다.

걸음을 빨리 뗀다.

크아악! 으아악!

괴성이 들리고 검은 물체가 나를 덮쳐 온다.

검은 물체가 뾰족뾰족 튀어나오더니 내 몸을 할퀴려 든다.

섬뜩한 공포에 짓눌려 도망을 치려고 몸부림치지만

발이 안 떨어진다.

끈적끈적한 바닷물이 발을 꽉 잡고 놔주지 않는다.

검은 물체에 붙잡힌다.

온몸으로 오물을 뒤집어쓴다.

뇌성 번개가 내리친다.

이 작은 육신을 향해 내리친다.

번개가 상처 입은 팔을 강타한다.

팔에서 불꽃이 인다.

화염이 온몸으로 번진다.

몸을 이루는 물기가 모조리 증발한다.

모든 세포가 고통에 몸부림친다.

아아아악~!

03.
힘에 겨워 힘에 겨워

"으아악!"

거친 숨을 내쉬며 얼른 불을 켰다. 온몸이 물에 빠졌다 나온 듯 흥건했다. 여러 번 악몽을 꾸었지만, 이 정도로 생생하고 강한 고통을 느낀 적은 없었다. 숨도 제대로 쉬어지지 않았다. 목이 모래라도 삼킨 듯 까끌까끌했다. 침대 밖으로 발을 내딛는데 다리가 후들거렸다.

"꿈이야. 꿈일 뿐이야."

몇 번 심호흡했더니 다리에 간신히 힘이 들어왔다. 남은 힘을 다 쥐어짜서 문을 열고 부엌으로 향했다.

"소희니?"

"어, 엄마!"

"이 새벽에 무슨 일이야?"

"그냥… 자다 깼어."

안 그래도 이런저런 일로 걱정이 많은 엄마에게 내 걱정까지 떠넘기고 싶지는 않았다.

"엄마는?"

"응, 그냥 잠이 안 와서……."

부엌과 거실 사이에 걸린 시계는 새벽 3시를 가리켰다. 이 시간까지 엄마가 잠들지 못하는 까닭은 할머니 때문일까? 아니면 대학입시를 앞둔 오빠 때문일까? 아니면 아빠 회사 일 때문일까?

"이런, 땀 좀 봐."

엄마는 재빨리 시원한 얼음물을 내게 건넸다. 얼음 조각까지 씹어 삼키고 나니 살 것 같았다.

"악몽이라도 꾼 거니?"

"그냥, 좀 부대꼈어."

나는 가볍게 이마를 닦았다.

"할머니 걱정 때문이야?"

내가 물었다.

"그냥 요즘 잠이 잘 안 와."

엄마는 두 손을 불안하게 잡고 계속 움직였다.

"힘들면 병원에 가."

"그래. 알았어."

엄마가 자리에서 일어났다.

"엄마도 다시 눈을 붙여야겠다. 너도 내일 학교에 가야 하는데 빨리 자."

"그래, 엄마! 잘 자."

다시 침대에 누웠지만 잠이 오지 않았다. 악몽이 계속 떠올랐고, 힘 겨워하는 엄마 얼굴이 마음에 걸렸다. 창문으로 찾아든 희미한 새벽빛 을 보고서야 겨우 잠이 들었다.

다음 날 아침, 김고담과 같이 등교를 했다.

"상태가 안 좋아 보인다?"

"잠을 제대로 못 잤어."

"몸이 여전히 안 좋아?"

"몸은 괜찮아. 어쩌다 보니 못 잤어."

악몽 얘기는 아무에게도 하고 싶지 않았다.

"내가 검토를 쭉 해 봤는데……."

"검토라니?"

"어제 네가 말한 애들 가운데 용의자를 추려 봤어."

벌써 용의자를 추려 내다니 예상보다 속도가 빨랐다.

"벌써?"

"어렵지 않았어."

자신감이 넘쳤다.

"범행 동기가 강한 애들 가운데 대충 조사해서 알리바이가 불분명한 애들을 골라냈거든."

"오, 대단하네."

진심으로 감탄했다.

"그래서 용의자는 누구야?"

"유력한 용의자를 몇 명 추렸는데 그중에서 가장 강력한 용의자는……."

김고담이 꼽은 첫째 용의자는 송근우였다. 송근우는 나도 이미 의심하고 있었다. 누가 범인일지 수없이 고민했는데, 그때 가장 많이 떠오른 이름이 송근우였다.

송근우는 일단 외모가 비호감이다. 얼굴도 못생겼을 뿐 아니라 옷차림이나 머리카락이 엉망이다. 머리카락은 며칠은 감지 않은 듯 지저분하고, 지나갈 때면 뿌연 먼지가 날렸다. 어깨에는 비듬인지 먼지인지 모를 가루가 늘 앉아 있었다. 꺼멓게 때가 낀 손톱을 보면 구역질이 날 듯했다. 누구에게 물려받은 듯한 교복은 안 그래도 볼품없는 외양을 더 보잘것없이 만들었다. 성격이라도 괜찮으면 그나마 나을 텐데 친근하게 다가가고 싶은 구석이 티끌만큼도 없었다. 같은 모둠이 되어 수행을 할 때면 협조하지 않기 일쑤고, 부탁해도 들은 척을 안 했다.

더럽고 성격도 나쁜 송근우를 아무도 좋아하지 않았다. 몇몇은 송근우를 찐따라며 놀리고 괴롭히기도 했다. 터놓고 말해서 누구나 송근우를 보면 혐오감이 들 수밖에 없다. 나도 그 가운데 한 명이었다. 힘들고 짜증이 나면 송근우를 대상으로 내 스트레스를 풀었다. 나뿐 아니라 다들 그렇게 했다. 내가 다른 점이라면 더러운 외모에 냄새라는 놀림 거리를 덧붙인 것이다.

그 전날 과외를 하면서 수학 시험을 봤는데, 실수로 쉬운 문제를 계속 틀렸다. 선생님께 꾸중을 듣고, 엄마에게 심한 잔소리까지 듣고 나니 내 짜증은 폭발 직전이었다. 어떻게든 풀어야 했다. 송근우는 좋은 먹잇감이었고 나는 다른 애들과 같이 송근우를 놀리며 스트레스를 풀었다. 그런데 그날따라 송근우에게서 이상한 냄새가 났다. 다른 애들은 눈치채지 못했지만 내 후각세포는 예민하게 그 냄새를 잡아냈다.

"저 찐따한테서 이상한 구린내가 나지 않아?"

그렇게 말했을 때 처음에는 다들 어리둥절해하며 내 의견에 동조하지 않았다.

"음식쓰레기가 썩는 냄새 같은데……."

그런데도 다른 애들은 냄새를 못 맡았는지 내가 원하는 반응을 보이지 않았다. 그때 송근우가 매섭게 나를 째려봤다. 평소에 외모와 먼지로 놀려 댈 때는 무덤덤하던 녀석이 격한 반응을 보이자 주변 애들 반응이 달라졌다.

"그러네, 이건 음식물 쓰레기에서 나는 구린내잖아."

"시궁창에 빠지기라도 한 거야 뭐야."

애들은 코를 막고 뒤로 물러서며 내가 원하던 반응을 쏟아 냈다. 그럴수록 송근우는 어쩔줄 몰라 했고, 반응이 격해짐에 따라 나와 친구들이 쏟아 내는 놀림도 강해졌다. 그 사건을 계기로 나는 송근우를 놀려대는 여러 사람 가운데 한 명이 아니라, 가장 특별한 존재가 되었다. 송근우는 나만 보면 알레르기라도 일으킬 듯한 반응을 보였고, 그럴수록 나는 속에 쌓인 스트레스를 대놓고 송근우에게 풀었다.

"내가 어제 저녁에 용의자들 행적을 대충 조사했는데, 송근우는 명확한 알리바이가 없어. 더구나 힘도 세더라고. 체육 선생님이 짐을 나르게 시켰는데 깜짝 놀랄 만큼 무거운 걸 혼자서 쉽게 옮기기도 했대."

김고담은 확신에 차서 결론을 내렸다.

"동기도 분명한데 알리바이는 불분명하고, 범죄를 실행할 강한 힘을 지녔어. 이보다 더한 용의자는 없지."

이미 송근우를 의심하고 있었기에 나는 곧바로 김고담 의견에 동의했다. 자신감이 붙은 김고담은 조사 계획까지 세세히 설명했다. 범인을 추적하는 일이 신나는지 김고담 목소리가 점점 커졌다.

교문이 가까워질 때까지 김고담은 계속 떠들었다. 적당히 장단을 맞춰 주며 가는데 문득 누가 나를 주시하는 느낌이 들었다. 시선에 계속 마음이 쓰여서 김고담 얘기에 집중하기 힘들었다. 주변을 살폈다. 무리를 지어, 때로는 혼자서 등교하는 학생들이 교문을 향해 걸었다. 아무리 찾아봐도 나를 향하는 시선을 찾아내지 못했다. 찾기를 포기하고 다시 김고담한테 눈을 돌리다가 하얀 옷을 입은 소녀를 발견했다. 소녀는 엄지를 입술에 댄 채 나를 주시했다. 머릿결은 푸석했고 얼굴은 파리했지만, 눈빛만은 맑고 선명했다.

"내 계획이 어때, 괜찮지?"

맑은 눈동자에서 금방이라도 눈물이 뚝뚝 떨어질 듯했다.

"야! 너 뭐 해?"

큰 소리에 화들짝 놀랐다.

"아, 그게……."

김고담에게 눈길을 돌렸다.

"저기……."

소녀가 있는 곳을 가리켰다.

"저기, 뭐?"

"하얀 옷을 입은……."

다시 교문을 봤을 때 하얀 옷을 입은 소녀는 사라지고 없었다. 주변을 아무리 살펴도 하얀 옷을 입은 사람이 눈에 띄지 않았다.

"너, 왜 그래?"

"아무것도 아니야."

눈을 꼭 감고 머리를 흔들었다.

교문으로 다가가면서 하얀 옷을 입은 소녀가 서 있던 곳을 유심히 봤다. 분명히 이곳에 있었다. 잠깐 눈을 돌린 사이에 몸을 감출 만한 곳은 없었다. 어찌 된 일인지 모르겠다.

"호랑이도 제 말 하면 온다더니."

상념에 빠진 나를 김고담이 깨웠다.

"호랑이라니?"

"송근우 말이야."

송근우가 터벅터벅 걸어 왔다. 옷은 여전히 낡았고, 뿌옇게 내려앉은 먼지는 걸음을 걸을 때마다 푸석하게 일어났다. 주변에 걷던 애들은 송근우가 나타나자 몇 걸음씩 옮겨서 거리를 두었다. 송근우는 나와 시선이 마주치자 재빨리 눈을 바닥으로 떨어뜨렸다. 바람이 불었고, 머리카락에 묻어 있던 먼지가 들썩였다. 뿌연 먼지가 허공에 퍼졌고, 나도 모르게 몇 걸음 뒤로 물러났다. 시큼한 냄새가 코를 찔렀다.

뒤통수가 뻐근해지고 붕대를 감은 팔뚝에 아릿한 고통이 인다.
검은 그림자가 움직이고 가슴이 쿵쾅거린다.
낯선 두려움에 긴장감이 올라가다가 몇 번이나 뒤를 돌아본다.
뭔가 어른거리다가도 뒤를 돌아보면 사라지고 없기를 거듭한다.
아무 일 없을 거라고 안심하는 순간, 검은 물체가 덮쳐 온다.
뒷머리를 강타하는 충격보다 악취가 먼저 코를 찌른다.
머리가 탁해지고 불쾌해지는 냄새다.
충격으로 바닥에 쓰러지는데 시각을 제외한 모든 감각은 멀쩡하다.
멍멍한 소음은 쉼 없이 귀를 괴롭힌다.
호흡을 할 때마다 목에 먼지가 낀 듯 답답하다.
역겨운 악취는 구토를 일으킨다.
속이 울렁거릴 때마다 두통이 심해진다.
악취와 구토에 어지럽다.

숨이 가쁘다.

맑은 공기가 간절하다.

팔에 낯선 감각이 느껴졌다.

"야, 김소희!"

김고담이다. 팔이 흔들리자 흩어졌던 정신이 다시 모였다. 숨이 천천히 원상태로 돌아왔고, 맑은 공기가 몸 안에 쌓인 먼지를 밀어냈다. 정신을 차렸을 때 송근우는 이미 사라지고 없었다.

송근우는 여느 때와 다름없이 혼자 외톨이로 지냈다. 아무도 송근우 옆으로 가지 않았고 말을 섞지 않았다. 혹시나 하는 의구심으로 송근우를 자세히 관찰했지만 특별한 의문점을 발견하지 못했다. 김고담은 쉬는 시간만 되면 우리 반에 와서 한 사람씩 붙잡고 은밀한 대화를 나누었다. 점심시간이 되자 아예 반에 들어와서 이 사람 저 사람을 만나고 다녔다. 내가 같은 공간에 있으면 부담스러울 듯해서 상처 소독을 핑계로 보건실로 피했다.

하교 시간, 친구들은 모두 보내고 중앙현관에서 김고담을 만났다. 같이 나가려는데 갑자기 연락이 왔다면서 김고담이 잠깐 다녀오겠다고 했다. 혼자 남으니 조금 불안했지만 수많은 사람이 다니는 중앙현관 앞에서 나를 공격할 만큼 간이 큰 범인은 없으리라 믿고 떨리는 맥박을 달랬다. 지나가는 이들이 점점 줄어들 때쯤 이진석이 혼자 나타났다.

"어, 여기서 뭐 해?"

"너야말로 이 시간까지 뭐 하냐?"

"꼰대한테 면담 당하느라."

"학생주임 쌤이 왜?"

"사고 치지 말라고 한참 잔소리해 댔어."

"너 또 뭔 짓 했냐?"

"뭔 짓이라니……."

이진석이 잔뜩 억울한 척했다.

"너 공격한 범인 찾는다고 들쑤시고 다니니까 꼰대가 오해해서 날 불러 댄 거지."

"들쑤시고 다닌 성과는 있었어?"

"성과는 무슨……. 다들 오해받을까 걱정하며 잔뜩 겁을 집어먹었어. 혹시라도 의심을 받을까 봐 아무도 말을 안 해."

김고담과 이진석은 애들이 느끼는 신뢰감만 놓고 보면 하늘과 땅 차이다. 아무리 의심스러운 점을 봤더라도 이진석에게 있는 그대로 털어놓을 사람은 거의 없다. 내가 이진석에게 어떤 성과를 기대한 것도 아니다. 선생님이 눈치챌 만큼 이진석은 학교를 헤집고 다녔고, 분명히 범인은 압박감을 느낄 것이다. 그 정도면 충분했다.

"혹시 의심 가는 놈은 있어?"

이진석이 물었다.

송근우 얘기를 할까 말까 잠깐 망설였다. 별 도움이 안 될지도 모르지만, 이진석이 송근우에 관한 비밀을 조금은 알아낼 수도 있을 것 같아서 말해 주기로 했다.

"송근우 알지?"

"그 찐따 새끼를 누가 모르냐."

"걔 좀 조사해 봐."

"오호! 걔가 용의자야?"

"아직 용의자는 아니야. 그냥 조심스럽게 정보만 수집해 줘."

"좋아!"

이진석은 뭐가 좋은지 입이 찢어져라 활짝 웃는다.

"나대지 말고."

내가 경고했다.

"걱정하지 마. 나만 믿으라고."

이진석은 휴대전화를 꺼내서 잠깐 만지다가 집어넣었다.

"김고담 기다리는 거야?"

"응, 집에 같이 가야 해서."

"내가 데려다줄까?"

"닥치고 꺼져."

이진석에게 괜히 틈을 보이면 눈치 없이 달려들 게 뻔했다.

"싸늘하긴. 아무튼 내가 그 찐따 새끼 밑바닥까지 샅샅이 조사해 줄게."

그렇게 이진석이 가고 몇 분을 더 기다렸지만, 여전히 김고담은 나오지 않았다. 전화를 걸었더니 조금만 더 기다리라고 했다. 나는 중앙 현관 앞에 계속 서 있기 힘들어서 쉴 데를 찾으려고 주변을 두리번거렸다. 그때, 또다시 하얀 옷을 입은 소녀가 교문 앞에 나타났다. 그 소녀는 나를 빤히 쳐다보았다. 나는 무엇에 홀린 듯 그 소녀에게 다가갔다. 소녀는 내가 가까이 접근하자 빠르게 걸음을 옮겼다. 재빨리 소녀를 따라갔다. 뒤에서 누가 날 부르는 소리가 들렸지만 무시했다. 내가 아무리 빠르게 따라가도 소녀를 따라잡을 수 없었다. 내가 뛰면 소녀도 뛰었고, 내가 빠른 걸음으로 걸으면 소녀도 빠르게 걸었다. 건널목을 건너서 주택가를 지났다. 뒤에서 나를 부르는 소리가 다시 들렸지만 무시하고 소녀를 뒤쫓았다. 몇 번 길을 건넌 뒤 소녀가 오른쪽 골목으로 사라졌다. 재빨리 뛰어서 골목으로 들어섰다.

"어디 갔지?"

사람이 갑작스럽게 사라질 데가 없는 골목이었다. 오른쪽으로 길게 이어진 주택은 모두 문이 닫혔고 왼쪽에 자리 잡은 공장은 뛰어넘기 어려운 높은 담장을 두르고 있었다. 그렇다고 골목 끝으로 빨리 뛰어간 것 같지도 않았다. 소녀가 사라지고 내가 골목으로 들어선 시간은 많이 잡아 봐야 5초밖에 안 됐기 때문이다. 그 시간에 골목 끝까지 가기는 불가능했다.

"야, 김소희! 뭐 하는 거야?"

김고담이었다.

"불렀는데 대답도 안 하고…….."

김고담은 숨을 헐떡이며 나를 타박했다.

"혼자 다니지 말라는 소리 벌써 잊었어?"

김고담이 나를 나무랐다.

"미안해. 그냥…….."

그때 역한 냄새가 후각으로 파고들었다. 익숙한 냄새였다. 최근에 이 냄새를 맡기는 했는데, 언제 맡았는지 명확하게 기억나지 않았다.

"이게, 무슨 냄새지?"

인상을 찌푸리며 물었다.

나를 더 다그치려던 김고담은 내 표정을 보고는 코를 킁킁거렸다.

"냄새?"

"지금 냄새나잖아. 아주 심하게…….."

단순히 역한 냄새가 아니었다. 기묘하게 공포를 불러일으키는 냄새였다. 내게 두려움을 안겨 주는 냄새라니, 도대체 이 냄새를 언제 맡았지?

"무슨 냄새가 난다는 거야?"

"이 냄새가 안 나?"

독한 냄새에 머리가 아파 왔다.

"냄새라니…….."

김고담은 코를 이곳저곳으로 움직이며 심하게 킁킁거렸다.

"어… 잠깐… 이거 약하게 무슨 냄새가 나는데…….."

김고담은 마치 개라도 된 듯이 코를 세게 벌름거렸다. 한참을 그러더니 고개를 갸웃거리며 말을 꺼냈다.

"약하긴 한데…… 이 냄새… 포르말린 같은데……."

"포르말린?"

"공업용 방부제야. 포름알데하이드를 수용액으로 만든 건데, 내가 초등학교 다닐 때 과학실에서 생물표본을 만들 때 사용해 봤어."

"포르말린 냄새가 왜 나지?"

김고담이 높은 담장을 두른 공장을 가리켰다.

"저 가구공장에서 사용하는 것 같은데. 가구 만들 때 흔히 포르말린으로 나무에 방부 처리를 하거든. 그나저나 너는 이렇게 흐릿하게 나는 냄새를 어떻게 맡았냐? 초등학교 다닐 때 안 맡아 봤으면 나도 모를 뻔했는데……."

"이 냄새가 약하다고? 지금도 구역질이 날 만큼 역하게 나는데……?"

"이게 역하다고? 이상하네. 네가 그 일을 당하고 후각 신경이 예민해졌나?"

김고담이 독백인지 질문인지 분명치 않게 중얼거렸다.

독한 냄새 때문에 그 자리에 더는 머물기 힘들었다. 나는 서둘러 그곳을 빠져나왔다. 한참을 걸은 뒤에야 포르말린 냄새가 사라졌다. 그러나 냄새로 인한 두통과 기묘한 두려움은 쉽게 가시지 않았다.

"너, 오늘부터 다시 과외한다면서……."

김고담이 내가 잊고 있던 현실을 깨우쳐 주었다.

"이렇게 느긋하게 걷다가는 과외에 늦겠다."

우리는 빠른 걸음으로 집으로 왔다. 걸어오는 도중에 김고담은 하루 동안 조사한 결과를 정리해서 알려 주었다. 진술한 사람은 다양했지만, 결론은 송근우 알리바이가 불분명하고, 범행 현장에 접근했을 가능성이 큰 정황 증거들이 많다는 것이었다. 집에 거의 다 와서 김고담은 중요한 정보를 꺼내 놓았다. 나를 기다리게 하고 만난 목격자한테서 들은 정보인데, 송근우가 사건이 나기 며칠 전에 나를 향한 분노를 대놓고 드러냈다는 것이다. 직접 증거는 아니었지만, 송근우가 범인일 가능성이 커지는 증언이었다.

"걱정 마. 내가 확실한 증거를 잡아낼 테니까."

김고담은 확신했고, 나는 안심이 되었다.

집에 오자마자 과외 수업이 이루어졌다. 병원에 입원하느라 한 달 동안 뒤처진 공부를 따라잡아야 해서 예전보다 훨씬 수업이 힘들었다. 저녁 먹는 시간을 빼고는 밤 11시까지 이어진 과외를 마치고 나니 진이 다 빠졌다. 선생님이 내준 숙제를 하려고 했지만 해낼 만한 힘이 없었다. 빨리 자고 일찍 일어나서 숙제를 해야겠다고 마음먹고 침대에 누우니 악몽 걱정에 겁이 났다.

'할머니한테 걱정인형을 달라고 할까?'

'이 나이에 걱정인형이 소용이 있을까?'

어떻게 할지 한참 고민하다가 벌떡 일어났다. 악몽을 물리칠 뾰족한 수가 없다면 걱정인형이 유일한 대안이었다. 실제로 효과가 있을지 없을지는 모르지만, 일단 시도는 해 보는 게 나을 듯했다. 잠잘 때는 휴대전화를 거실에 내놓기 때문에 할머니에게 부탁하기 위해 밖으로 나갔다.

거치대에 놓인 휴대전화를 들고 할머니에게 문자를 보내려는데 엄마가 큰소리로 통화하며 부엌에서 나왔다.

"엄마! 이제 그만하라고 …… 몇 번을 말했잖아 …… 사위한테 무슨 억하심정이라도 있어? …… 사위 얼굴에 먹칠 좀 그만해 …… 내가 소희 아빠 얼굴을 못 봐, 미안해서 …… 도대체 나한테 왜 그러는 건데?"

또다시 할머니와 벌이는 다툼이었다. 나는 조심스럽게 휴대전화를 내려놓았다. 할머니에게 연락할 분위기가 아니었다. 내가 할머니에게 걱정인형을 만들어 달라고 했다가는 괜히 분란만 커질 듯했나.

다시 침대에 누웠다. 악몽 걱정에 쉽게 잠들지 못했지만 지친 몸은 그런 두려움마저 넘어섰다. 꿈은 어제와 똑같았다. 처음에는 갖가지 색깔로 물든 꽃밭에 아름다운 풍경이 펼쳐졌다. 느닷없이 통증이 일면서 악몽으로 바뀌었다.

팔이 짜릿해지면서 텁텁한 먼지가 날리고 숨쉬기가 답답해진다.

검은 물체가 나를 공격해 온다.

도망치려 하지만 끈적끈적한 진흙 같은 바닷물에 발이

떨어지지 않는다.

괴물은 내 몸에 오물을 퍼붓는다.

상처에 번개가 내리치고 불이 붙는다.

이상하게도 팔에서 고통이 느껴지지 않는다.

매캐한 악취가 모든 신경을 자극한다.

악취가 익숙하다.

어디서 맡은 악취일까?

하얀 옷 소녀, 가구공장, 그리고 포르말린!

그 포르말린 냄새다.

견디기 힘든 악취다.

악취를 지우려고 몸을 뒤틀어 보지만 아무 소용이 없다.

악취가 점점 짙어진다.

두통도 점점 심해진다.

눈을 떴다.

등에 땀이 흥건했다.

견디기 힘든 공포였다.

힘에 겨워, 힘에 겨워 서러움이 복받쳤다.

한없는 서러움이 눈물이 되어 어둠을 타고 흘렀다.

등교 사흘째, 역시 김고담과 같이 갔다. 그런데 김고담은 범인 잡는
얘기는 안 하고 실없는 농담만 계속해서 늘어놓는다.

"방귀 뀌지 마라를 영어로 하면 뭔지 알아?"

촛불소녀, 청년 전태일을 만나다

"Don't fart."

"비슷하지만 틀렸어."

"fart가 방귀니까 내 말이 맞아."

"그게 아니라니까. 진지함은 잠시 진지로 잡수셔."

"그럼, 몰라."

"생각해 보라니까."

"모른다고."

"돈가스."

"그게 왜? 아…… 칫."

이런 농담을 학교 가는 내내 들었다. 내가 좋아하는 농담은 아니었지만 그렇게 실없는 대화를 나누고 나니 어젯밤 꾸었던 악몽도, 범인을 잡아야 한다는 긴장감도, 아침 일찍 일어나 힘들게 마무리한 숙제로 인한 피곤함도 희미해지며 기분이 풀렸다.

점심을 먹고 교실에서 친구들과 같이 쉬는데 유나정과 신채련이 호들갑을 떨며 들어왔다.

"누가 뭐 연애라도 해? 뭐가 그렇게 신나?"

강지연이 쏘아붙였다.

"연애보다 더한 일이야."

유나정이 바람을 잡았다.

"취조한대. 지금."

취조는 신채련이 쓸 만한 낱말이 아니었다. 언뜻 어떤 직감이 들었다.

"취조라니? 누가 누굴 취조하는데?"

내가 다그쳐 물었다.

"진석이가 근우를……."

상황이 어떻게 되는지 곧바로 알아차렸다. 바보 같은 자식, 그렇게 나대지 말라고 경고까지 했는데…….

나는 곧바로 이진석 무리가 있는 데로 뛰어갔다. 으슥한 곳에서 이진석 무리가 밖에서 안이 보이지 않도록 둥글게 무리를 지어 서 있었다. 저 안에 송근우를 가둬 놓고 취조라는 얼토당토않은 짓을 벌이는 것이다.

"뭐 하는 짓이야?"

나는 곧바로 이진석에게 달려들며 소리쳤다.

"어, 왔냐?"

이진석은 험상궂은 표정을 재빨리 바꾸더니 나를 반갑게 맞았다.

"뭐 하는 짓이냐고?"

"이 새끼가 사실대로 안 불잖아."

"네가 깡패야? 아무나 잡아다가 협박하게?"

"야, 깡패라니, 섭섭하게……."

잔뜩 겁을 집어먹고 쪼그려 앉아 있는 송근우를 이진석이 발로 툭 찼다.

"네가 공격을 당했을 때 어디서 뭘 했냐고 아무리 물어도 대답을 못

해. 입 꾹 다물고. 그럼 뻔하잖아."

"그렇다고 이런 식으로 협박을 해야겠어?"

"이 정도면 범인이잖아. 자백만 받으면……."

이진석은 억울해하며 내게 인정받기를 원했다. 나를 위해서 한 일인데 지나치게 다그치는 것도 도리가 아닐 듯했다.

"네 마음은 아는데……, 이런 방식은 아니야."

이진석 얼굴이 조금 풀어졌다. 나는 송근우에게 다가갔다.

"솔직히 말해. 네가 그랬어?"

내가 물었다.

송근우는 입을 꾹 다문 채 아무 말도 안 했다.

"네가 날 공격했다고 해서 널 어떻게 하진 않을 거야. 나는 복수할 생각은 없어. 그냥 누가 범인인지 알기만 하면 돼."

송근우는 입도 벙긋 안 했다.

"나는 단지 범인을 모르는 불안한 상태를 벗어나고 싶을 뿐이야."

송근우가 눈을 치켜뜨며 나를 봤다.

나도 송근우를 봤다. 내가 무시하고 경멸했던 송근우다. 송근우가 범인임이 드러나도 어떻게 할 생각은 없었다. 찐따가 욱해서 사고를 쳤다고 여기면 그만이었다.

"정말 안 했어?"

송근우가 다시 눈을 떨궜다. 짜증이 치밀었다. 긍정을 하든 부정을 하든 명확하게 답을 하면 마무리를 지을 텐데, 이도저도 아니니 아무런 판단을 할 수가 없었다. 깊이 숨을 들이마셨다. 냄새가 났다. 내가 송근우를 놀렸던 바로 그 냄새였다. 물고기 비닐을 벗기면 나는, 그런 비린내를 닮은 냄새였다. 그날, 나를 습격했을 때 풍기던 냄새가 떠올랐다. 악몽에서도 나타났던 냄새이기에 명확히 기억하는데……, 악몽 속 냄새는……, 포르말린 냄새다. 송근우에게서 나는 냄새는……, 포르말린이……, 아니다. 전혀 다른 냄새다. 그렇다면……, 송근우는 범인이 아니다. 무슨 말 못 할 사연이 있어서 알리바이를 못 대는지 모르지만, 범인은 아니었다.

답답함과 짜증이 치밀면서도 묘하게 안심이 되었다.

"근우는 아니야."

나는 감정을 가린 채 무덤덤하게 내뱉었다.

송근우가 나를 봤다. 얼굴을 돌려 지저분한 그 시선을 피해 버렸다.

"뭐야? 왜 아니라는 거야?"

이진석이 날카롭게 물었다.

"범인이 아니니까, 그만해."

"이유가 뭔데?"

"내가 아니라면 아닌 거야. 이유는 말 못 해. 그리고 내가 시키지 않은 짓은 벌이지 좀 마."

더는 그 자리에 머물고 싶지 않았다. 이진석 무리를 막 빠져나오는데 김고담이 헐레벌떡 뛰어왔다.

"이게 뭐 하는 짓이야?"

촛불소녀, 청년 전태일을 만나다

"쟤는 아니야."

"뭔 짓을 한 거냐고?"

김고담이 화를 냈다.

"내가 벌인 짓이 아니야."

김고담이 씩씩거리며 이진석을 노려봤다. 이진석이 썩은 웃음을 지으며 김고담에게 손을 흔들더니, 송근우를 거칠게 일으켜 세웠다. 이진석은 송근우에게 뭐라고 귀엣말을 하더니 뒤통수를 슬쩍 쳤다. 송근우는 고개를 푹 숙인 채 그 자리를 빠져나갔다.

"너 정말 이럴 거야? 나한테 맡겼으면……."

"내가 벌인 짓이 아니라고 했잖아. 내가 저 새끼가 사고 친 것까지 책임져야 해?"

내가 강하게 맞받아치자 김고담이 주춤했다.

"아무 일 없이 끝났으니까 걱정 마. 그리고 송근우는 아니야."

"그건 또 무슨 근거로……."

황당해하는 김고담에게 내 판단 근거를 들려주진 않았다. 포르말린 냄새가 근거라고 해 봐야 믿을 것 같지 않았기 때문이다.

그날 하굣길에 김고담을 데리고 빵 가게로 갔다. 괜히 이진석을 끌어들여서 일을 망친 데 대해 사과하는 의미였다. 빵 가게에서 가장 비싼 팥빙수를 사 주었다. 김고담은 이진석이 어떤 성향인지 잘 알기에 굳이 내가 해명하지 않아도 이해를 했다. 실없는 농담을 늘어놓으며 김고담은 맛있게 팥빙수를 먹었다. 나는 달달한 주스를 찔끔찔끔 마시며 김고담이 쏟아 내는 농담에 장단을 맞추었다. 걱정을 덜어 내는 데 농담은 꽤 도움이 되었다.

그러다 문득 돌린 시선에 또다시 하얀 옷을 입은 소녀가 들어왔다. 소녀는 빵 가게 밖에서 손가락을 입에 넣고 진열된 빵을 애처롭게 바라보고 있었다. 먹고 싶은데 돈이 없어서 못 사 먹는 듯했다. 그리고 보니 다리도 팔뚝도 삐쩍 말랐다. 누가 봐도 불쌍한 기색이 역력한데, 아무도 그 소녀를 향해 눈길조차 주지 않았다.

'빵이라도 하나 사 줄까?'

짧은 연민이 들었지만, 얼른 밀어냈다. 새삼스럽게 착한 짓을 하고 싶지는 않았다.

"어딜 봐?"

김고담이 물었다.

시선을 김고담에게 향했다.

"아, 저기……."

다시 시선을 창문 밖으로 돌렸지만, 그곳에 소녀는 없었다.

04.
소중한 추억의 서재

목요일, 점심을 먹고 병원에 가기 위해 조퇴를 했다. 목요일 오후는
진로, 동아리 시간이라 조퇴를 해도 부담이 없다. 원래는 엄마가 오기
로 했는데 오빠 입시 때문에 일이 생겨서 할머니가 대신 오셨다. 할머
니가 모는 차는 엄마 차와 달리 조금 비좁고 소음도 심했다. 계기판을
보니 운행 거리가 35만 킬로미터나 되었다. 이 차를 끌고 얼마나 많은
곳을 다니셨는지 어림이 갔다.

내가 어릴 때도 할머니는 이 차를 몰고 다니셨다. 앞서도 말했지만,
어린 시절 나는 할머니와 같이 보내는 시간이 많았다. 당시에 할머니
는 나를 작은 차에 태우고 밖으로 자주 돌아다니셨다. 공장이 밀집한
공단, 사람이 바글거리는 재래시장, 철거가 이루어지는 낡은 동네, 시

뻘건 옷을 입은 사람들이 소리를 지르는 거리 등이었다. 육아를 하는 평범한 엄마들이 다니지 않는 독특한 곳들이었다. 엄마도 할머니가 나를 평범하지 않은 곳에 많이 데리고 다니는 걸 알았다.

"예쁜 곳이 아니라 사람 사는 곳을 봐야 해."

할머니 신념은 확고했다. 엄마는 그런 할머니가 못마땅했는지 사촌인 김고담이 근처에 이사를 오자 숙모에게 나를 맡겼고, 내가 할머니와도 가깝게 지내지 못하게 했다.

"시끄럽지?"

"견딜 만해요."

"이 녀석도 나처럼 나이가 들어서 시끄러운가 봐."

주름진 할머니 얼굴에 맑은 웃음이 피어올랐다.

"공부하기 힘들지?"

"다들 하는 공분데요, 뭘."

"힘들면 힘들다고 비명을 질러야 해."

"엄마는 참으래요. 그러면 나중에 좋은 날 온다고."

"참다 보면 나중에는 힘든지도 몰라. 그때가 되면 영혼은 상처를 입었는데 자기는 괜찮다면서 자신을 마구 대하게 돼."

어쩌면 할머니 말씀이 맞는지도 모르겠다. 나는 엄마와 아빠가 요구하는 수준을 따라가기가 버겁다. 오빠가 워낙 잘 나서 오빠 수준으로 보면 안 되는데, 그런 변명이 통하지 않았다. 어쩌면 내가 송근우 같은 찌질이들에게 화를 터트리며 지낸 까닭이 힘든데 비명을 안 질러서인지도 모르겠다. 아니면 그게 내가 비명을 지르는 방식인지도 모르겠다.

"걱정하지 마세요. 견딜 만하니까."

내 입은 내 생각과 다른 말을 내뱉었다. 그럴 수밖에 없었다. 내가 할머니에게 힘들다고 하소연이라도 하면 할머니는 반드시 엄마에게 얘기할 테고, 그러면 엄마는 할머니에게 화를 낼 게 뻔하고, 그 후폭풍은 나에게도 밀어닥칠 테니까.

병원에서 화상 부위를 치료했다. 붕대를 풀고, 상처를 확인하고, 소독을 하고, 주사도 맞았다. 혹시 뒤통수를 가격당한 것 때문에 후유증이 있을까 봐 뇌 기능 검사도 했다. 치료와 검사를 마치고 나올 때는 괜찮았는데, 할머니 차에 타려고 할 때 갑자기 팔에서 아릿한 통증이 느껴졌다. 아프지는 않지만 저절로 인상이 찌푸려졌다.

"괜찮니?"

할머니가 놀라며 내 팔을 어루만지셨다. 혹시라도 내게 아픔을 줄까 봐 갓난아기를 보듬 듯 조심스러웠다.

"잠깐 아릿하다 말았어요. 걱정하지 마세요."

아릿함은 곧 가셨고 붕대를 감은 팔은 원래대로 돌아왔다. 나는 할머니가 안심하시도록 억지로 웃었다. 그런데도 할머니는 내 팔을 쓰다듬으며 안쓰러워하셨다.

"얼마나 아팠을까?"

할머니가 나를 얼마나 사랑하는지 느껴졌다. 내 어린 시절 무한한 사랑을 주시던 할머니는 변함없이 나를 사랑하고 계셨다.

"살이 불타는데……."

할머니는 마치 당신 몸을 다치기라도 한 듯 안타까워하셨다.

"그 오빠도……."

할머니가 말을 삼키며 눈시울을 붉히셨다. 나도 모르게 가슴이 울컥했다. 할머니도 나도 감정을 가라앉히기까지 꽤 긴 시간이 걸렸다. 주차장에서 한참을 머문 뒤에야 차가 출발했다. 이래저래 집으로 오는 길은 피곤했다.

할머니와 소소한 얘기를 나누다 까무룩 잠이 들었다.

흔들림이 느껴져 살며시 눈을 뜬다.

밤이라도 된 걸까?

검은 천막이라도 두른 듯 주위가 어둡다.

숨을 쉴 때마다 먼지가 목을 괴롭힌다.

포르말린 냄새에 머리가 아프다.

흐릿한 불빛이 내 흔들림에 맞춰 나타났다 사라진다.

지치고 피곤해서 잠들려고 할 때마다

날카로운 바늘이 손가락을 찔러 댄다.

졸음이 강해질수록 바늘이 찌르는 강도가 세진다.

피가 흐르는 고통에도 졸음은 가시지 않는다.

다른 수가 없다.

바닥에 놓인 각성제를 먹는다.

머리가 찢어질 듯 아프지만, 가시에 찔리지 않으려면 다른 길이 없다.

각성제가 몸을 타고 돈다.

불이 타오르는 듯한 고통이 내장을 뒤흔든다.

머리는 점점 멍해지는데 몸은 점점 뜨거워진다.

열기가 몸을 타고 흐른다.

약한 곳을 노린다.

결국, 출구는 상처 입은 팔이다.

팔에 불이 붙는다.

뜨거운 불이 상처에 또 다른 상처를 낸다.

인내심을 훌쩍 뛰어넘는 고통이 밀려들고, 나는 온 힘을 쥐어짜며 비명을 지른다.

"아아악!"

끼이익--.

몸이 앞으로 확 쏠렸다. 안전벨트가 몸을 잡아당겼다. 거친 숨을 내쉬었다.

"소희야! 왜 그래?"

비상등이 깜박이는 소리, 빵빵거리는 경적 사이로 할머니가 걱정하시는 마음이 들렸다.

"어휴, 이 식은땀 좀 봐."

할머니는 뒤에서 차들이 빵빵거려도 아랑곳하지 않고 내 상태를 살폈다.

"잠깐 악몽을 꿨어요. 이제 괜찮아요."

할머니는 근심스럽게 나를 살피더니 다시 차를 몰았다. 나는 할머니에게 걱정을 끼쳐 드리지 않기 위해 심호흡을 하며 악몽이 준 공포를 몰아내려고 애썼다. 팔뚝에서 다시 아릿한 감각이 느껴졌다. 공포를 몰아내려고 애썼지만, 불에 타는 고통은 쉽게 사라지지 않았다.

'도대체 누굴까? 누가 내 팔에 불을 붙였을까? 도대체 누가······.'

나를 불로 공격한 범인을 불과 연결해서 계속 찾다가 문득 한 사람이 떠올랐다.

'이런! 내가 걔를 까맣게 잊고 있었다니······.'

불을 이용한 공격이면 바로 떠올려야 할 용의자였다. 조금 지난 일이긴 하지만 당하는 쪽에서는 결코 잊을 수 없는 사건이었다. 따지고 보면 송근우보다 범인일 가능성이 높은 용의자였다.

2학년 중간고사를 앞두고 있을 때였다. 중학생이 되고 처음으로 치르는 시험에 스트레스가 극에 이르렀다. 잘 봐야 한다는 부담감에 한 달 전부터 시험공부에 몰두했다. 불안이 극에 이르렀지만, 딱히 풀 데가 없었다. 그때 눈에 들어온 대상이 바로 서안나였다.

우리 반도 아닌 서안나를 눈여겨보게 된 계기는 점심 급식이었다. 평범한 몸매였는데 유난히 밥을 많이 먹었다. 그렇게 계속 먹어 대다가는 몇 달 안에 학교에서 가장 뚱뚱한 몸매가 될 듯했다. 하루 이틀

촛불소녀, 청년 전태일을 만나다

이 아니었다. 내가 지켜보는 내내 서안나는 몇 끼는 굶은 거지처럼 밥을 입안으로 욱여넣었다. 하도 이상해서 정보통인 홍다솜을 통해 서안나가 어떤 애인지 알아봤다. 홍다솜에 따르면 서안나는 집이 가난해서 학교가 끝나면 지역아동센터에 가서 저녁을 먹고 집으로 간다고 했다. 지역아동센터가 쉬는 날이면 한 끼도 못 먹고 그냥 굶는다는 것이다.

요즘 같은 시대에 밥도 제대로 못 먹을 만큼 가난하게 산다는 게 이상했다. 아무리 가난해도 집에서 밥은 먹고 살 수 있지 않을까? 요즘은 가난한 사람을 위해 나라가 지원도 많이 해 준다는데, 어떻게 해서 밥도 제대로 못 먹고 지낼까? 그런 의문이 들었지만, 딱히 서안나에게 관심을 두지는 않았다. 내가 좀 못된 짓을 하기는 하지만, 그래도 가난하다고 괴롭히지는 않는다. 송근우를 놀려 댄 이유도 가난이 아니라 그 지저분함과 냄새 때문이었다. 아무리 가난해도 자기 몸 관리를 제대로 하면 송근우처럼 하고 다니지는 않을 것이다. 그런 점에서 송근우는 게으르고 불성실하고 남을 배려할 줄 모른다고 판단했다.

내가 서안나를 꼴 보기 싫어하게 된 까닭은 다른 데 있었다. 점심을 먹고 선생님 심부름 때문에 도서관에 들렀을 때였다. 시험기간이라 작은 짬이라도 허투루 쓰지 않으려고 노력하던 나였기에 심부름을 빨리 마치고 교실로 돌아가려고 했다. 그러다 의자에 꼿꼿한 자세로 앉아 책을 읽는 서안나를 보았다. 같은 사람인데 급식실에서 본 서안나와 도서관에서 본 서안나는 완전히 다른 사람이었다. 급식실 서안나가 옹색하고 불쌍했다면, 도서관 서안나는 고고하고 뛰어나 보였다. 그 이

질감이 몹시 거슬렸다. 가난해서 굶고 다니다 급식실에서 배를 채우기 위해 과식을 하는 서안나라는 인식이 밑바탕에 깔리지 않았다면, 도서관에서 본 모습이 그렇게 거슬리지는 않았을 것이다. 나는 시험을 잘 보려고 미친 듯이 문제집과 참고서를 붙들고 지내는데 여유롭게 책을 읽는 서안나가 꼴 보기 싫었다. 자신이 얼마나 잘났는지 내게 자랑하는 것 같았다. 그 순간 서안나는 내게 찍혔다.

내가 관심을 두자 서안나에 대한 정보가 계속 들어왔다. 서안나는 쉬는 시간에도 늘 책을 꺼내 읽을 만큼 독서광이었다. 점심을 먹자마자 도서관에 박혀서 책을 읽는데, 책을 읽다가 5교시 수업에 늦는 경우도 종종 있었다. 도서관에서 가장 책을 많이 빌린 덕분에 1학년인데도 전교 1등 다독상을 받기도 했다. 서안나가 맨날 들고 다니는 공책이 있는데 그 공책에는 그동안 자신이 읽은 책을 정리하고 감상한 글들로 빼곡했다. 한 달쯤 지나면 공책이 바뀌는데 그만큼 빨리 공책을 다 쓴다는 의미였다.

알면 알수록 서안나가 싫었다. 결국 나는 시험을 준비하면서 쌓인 짜증과 울분을 서안나에게 풀기로 했다. 이런 부류를 놀리는 방법은 의외로 간단하다. 멋져 보이는 특성을 경멸해야 할 성향으로 바꾸면 된다. 즉, 책을 많이 읽는 특성을 좋은 행동에서 나쁜 행동으로 평가를 바꾸는 것이다. 아무나 그런 평가를 바꾸지는 못하지만, 나 같은 사람은 그럴 능력이 있다.

일단 점심시간에 시험공부를 핑계로 도서관에 갔다. 앉을 공간이 꽤 많았지만, 일부러 서안나 맞은편에 앉았다. 10분쯤 공부를 하다가 책을 읽는 서안나를 째려보았다. 서안나는 책에 빠져서 내 시선을 알아차리지 못했다. 주위 상황 따위는 신경 쓰지 않는 집중력에 은근히 질투심마저 일었다.

"야!"

크게 불렀지만 서안나는 책에서 눈을 떼지 않았다.

"사람이 부르는데… 무시하냐?"

서안나가 힐끔 나를 보더니 다시 책으로 눈을 돌렸다.

"어쭈 이게."

손을 길게 뻗어서 책을 쳤다. 서안나가 들고 있던 책을 놓쳤다. 그제야 나를 제대로 보았다.

"넌 시험기간인데 공부는 안 하고 책만 보냐?"

잠깐 나를 보던 서안나는 다시 책을 들었고, 무심하게 책을 읽었다.

"책에 뭐 먹을 거라도 있어? 하긴 맨날 배가 고프니 책도 파먹고 싶겠지."

그 정도로 놀렸으면 반응을 해야 하는데 표정 하나 변하지 않았다.

"책 열심히 파먹어라, 이 책벌레야!"

서안나를 괴롭히기에 도서관은 한계가 있었다. 상대가 반응을 안 보이니 대책이 없었다. 그때는 그렇게 끝내야만 했다. 나는 공부하기 바빴고, 더는 시간을 허투루 쓰면 안 되었다. 그렇다고 포기할 내가 아니었다. 오후에 친구들에게 서안나에 대해 험담을 늘어놓았고, 친구들은 내 의도를 알아채고 즉각 반응했다. 처음에 서안나를 책벌레로 부르다가 '책'을 빼고 '벌레'로 수정했다. 급식실에서 벌레처럼 밥을 먹고, 책을 벌레처럼 뜯어먹으니 벌레라는 별명은 매우 적절했다.

내가 서안나를 벌레로 부르면 서안나는 벌레가 된다. 내게는 그만한 힘이 있다. 서안나 반에 친구가 많은 이수정이 앞장서서 별명을 소문냈다. 벌레라는 별명은 입에 착착 달라붙기에 삽시간에 번졌다. 그러나 서안나는 변함이 없었다. 쉬는 시간이면 늘 책을 읽었고, 점심시간에는 도서관에 틀어박혔으며, 급식 먹을 때를 빼고는 표정에 변화가 없었다. 도서관에 가서 몇 번이나 놀려 댔지만 조금도 흔들리지 않았다. 놀려도 효과가 없으니 짜증이 더 쌓였다. 효과를 제대로 발휘할 대안이 필요했다.

중간고사를 사흘 앞둔 날이었다. 시험공부는 다 끝냈지만, 괜히 불안했다. 이미 다 푼 문제집을 다시 보고, 이미 다 외운 지식을 되풀이해서 외웠지만, 불안이 가라앉지 않았다. 불안을 덜어 내야 했다. 도서관으로 갔다. 시험이 사흘 남았는데 서안나는 여전히 책을 읽고 있었다. 나는 서안나 맞은편에 앉아 팔짱을 끼고 뭘 하는지 지켜보았다. 두꺼운 책을 다 읽었는지 서안나는 책을 덮더니 공책을 꺼냈다. 소문으로 듣던 그 공책을 처음 보았다. 큰 글씨로 책 제목을 적더니 그 아래에 깨알같이 작은 글씨로 감상을 적어 내려갔다. 수행평가가 아니면 독후감을 쓴 기억이 까마득한 나로서는 괜히 심통이 났다. 그리고 서안나를 괴롭힐 확실한 방법이 무엇인지 퍼뜩 떠올랐다.

촛불소녀, 청년 전태일을 만나다

살며시 일어난 나는 딴청을 부리며 조심스럽게 서안나 뒤로 다가갔다. 서안나는 내가 가까이 갔음에도 전혀 알아차리지 못하고 글을 쓰는 데 집중했다. 글이 길어져서 공책을 넘기려고 했다. 그때를 노려 재빨리 공책을 낚아챘다. 그러고는 빠른 걸음으로 도서관을 빠져나갔다. 후다닥 뛰어오는 소리가 들렸다. 나는 뒤도 돌아보지 않고 뛰었고, 서안나는 돌려 달라고 소리치며 쫓아왔다. 내 목적지는 우리끼리 노는 비밀 장소였다. 담장을 뛰어넘으면 못 따라오리라 예상했다.

나는 능숙하게 담장을 넘었다. 비밀 장소에는 이진석 무리와 함께 홍다솜과 이수정이 같이 있었다. 그쯤에서 포기할 줄 알았는데 서안나는 치마를 입었음에도 낑낑거리며 담장을 넘어오려고 했다.

"뭐냐?"

"저 벌레는 왜 온 거야?"

애들은 어리둥절하며 궁금해했다.

"야, 이진석, 너 라이터 줘 봐."

이진석에게 손을 내밀었다.

"왜? 너도 드디어 담배 피게?"

"미쳤냐! 내 폐는 소중해."

"크크크."

이진석이 실없이 웃었다.

"빨리 라이터 줘."

서안나가 곧 넘어올 듯했다. 내가 재촉하자 이진석이 라이터를 꺼내 주었다. 라이터를 받자마자 들고 있던 공책에 불을 붙였다.

"그러지 마!"

서안나가 괴성을 질렀다.

"그거 좀 심하지 않냐?"

막무가내로 노는 이진석조차 내 행동에 놀랐는지 슬금슬금 뒤로 물러났다. 서안나가 담장 위로 거의 올라왔다.

"난 모르는 일이다."

이진석이 발뺌을 하더니 잽싸게 담장을 넘어서 도망쳐 버렸다. 다른 남자애들도 마찬가지로 이진석을 따라서 담장을 넘어갔다. 홍다솜과 이수정도 슬슬 눈치를 보더니, 남자애들을 뒤따라 도망쳤다. 담장에서 뛰어내린 서안나는 균형을 잃고 바닥에 넘어졌다. 그 사이에 공책은 점점 타들어 갔다. 손이 뜨거웠다. 공책을 던졌다. 서안나는 불이 붙은 공책으로 달려들었다. 나는 서안나가 불을 끄려고 안달하는 모습을 보면서 담장을 타고 올랐다. 담장을 막 뛰어넘으려고 하는데, 까맣게 그을린 공책을 든 채 나를 원망스럽게 쳐다보는 서안나와 눈이 마주쳤다.

"뭘 그렇게 째려봐."

내가 매섭게 쏘아붙이자, 서안나 눈에 눈물이 글썽였다. 나는 지갑에서 오만 원짜리 지폐 한 장을 꺼냈다.

"자, 받아. 이 돈이면 비싼 공책을 사고도 남을 거야. 거지처럼 궁상맞은 짓거리 그만하고 남은 돈으로 밥이나 사 먹어."

나는 돈을 바닥에 던져 놓고 담장을 넘어갔다.

그 일이 꺼림칙해서 더는 서안나를 괴롭히지 않았다. 학교에 신고할 줄 알았는데 의외로 아무런 대응을 하지 않았다. 그 사건 뒤에도 서안나는 변함없이 책만 읽었다. 서안나가 문제 삼지 않고 넘어간 탓에 내가 그 짓을 벌인 기억을 까맣게 잊어 버린 것이다.

저녁에 우리 집으로 김고담이 나와 함께 과외를 받으러 왔다. 과외 선생님이 오기 전에 서안나와 관련한 얘기를 김고담에게 들려주었다. 얘기를 다 들은 김고담은 나를 한심하게 여기는 표정을 감추지 않았다.

"어떻게 그런 잔인한 짓을……."

"장난이었어."

"그게 장난이라고?"

"물론, 좀 심하긴 했지만 장난은… 장난이었어."

"야, 김소희! 좀 솔직해지자."

더 변명해 봤자 받아 줄 김고담이 아니었다. 나는 화제를 돌렸다.

"네 생각은 어때? 서안나가 범인일 가능성이 있어 보여?"

"휴……."

김고담은 긴 한숨부터 내쉬더니 입술을 세게 깨문 뒤에야 내 질문에 대답했다.

"송근우가 아니라고 해서 다른 용의자를 조사 중이었어. 네 말대로라면 서안나가 강력한 용의자이긴 해."

김고담은 더는 내 잘못을 추궁하지 않았다.

"그나저나 우리끼리 용의자를 검토했을 때는 전혀 생각나지 않았던 거야?"

"나도 까맣게 잊고 있었어."

"늘 그렇지. 가해자는 잊고 피해자는 깊은 상처로 기억하고."

"그게 소중한 추억의 서재는 아니니까."

"걔한테는 고문이나 마찬가지였을 거야."

김고담이 자꾸 내 신경을 건드렸다.

"자꾸 내 잘못을 꼬집고 싶다면 더는 너한테 부탁하지 않을게."

"너를 위해서 하는 말이야. 앞으로는 그러지 말라고."

"네가 말 안 해도 내 잘못은 내가 잘 아니까 그만해."

잠시 서먹한 기운이 흘렀다. 잠시 골똘히 생각하던 김고담은 가방에서 공책을 꺼내더니 빠르게 적바림했다.

"안 그래도 늘 의문이었어. 도대체 불처럼 위험한 공격 수단을 왜 택했을까? 네 뒤통수를 가격한 뒤에 왜 불로 팔에 화상을 입혔을까? 범행 동기와 수단은 연결되기 마련인데 그동안 아무리 고민해도 깔끔하게 이어지지 않았지만, 서안나라면 그 의문이 풀려."

김고담 의견을 듣고 보니 서안나가 더욱 의심스러웠다. 무엇보다 서안나에게서 기묘한 냄새를 맡았던 기억이 났다. 정확하지는 않지만, 포르말린 냄새와 엇비슷한 것 같기도 했다. 나와 김고담은 서안나가 강력한 용의자라는 데 의견이 일치했다. 김고담이 먼저 서안나 알리바이를 조사한 다음 직접 만나 보기로 했다.

과외를 마치고 선생님이 내준 숙제를 김고담과 같이 했다. 문밖에서 엄마와 과외 선생님이 나누는 대화가 흐릿하게 들렸다. 자꾸 귀가 쏠렸지만 정확하게 들을 수는 없었다. 한참 숙제를 하는데 엄마가 간식을 들고 들어왔다. 김고담이 호들갑을 떨며 엄마를 웃음 짓게 했다. 오랜만에 웃는 엄마를 보니 기분이 조금 풀렸다. 나는 아무것도 아닌 척하며 슬쩍 물었다.

"선생님이 뭐라고 하셔?"

"한 달 쉬는 동안 뒤처진 진도를 어떻게 보충할지 의논했어."

"보강이라도 해야 하는 거야?"

"아직 결정은 안 했고, 선생님이 다음 수업에서 네 상태를 더 자세히 확인해 보고 결정하기로 했어."

보강은 싫었다. 지금도 공부하기 벅찬데 보강까지 하면 더 힘들 게 뻔했다. 아무래도 다음 수업 전까지 부지런히 대비해야겠다고 단단히 마음먹었다. 엄마가 나가고 나와 김고담은 늦은 시간까지 같이 공부했다. 숙제를 마치고 김고담이 갈 준비를 했다. 나도 쉬고 싶었다. 병원에서 오래 지냈더니 체력이 예전 같지 않아서 오래 버티기 힘들었다. 침대에 누워 눈만 감으면 잠이 들 듯했다. 그러나 잘 수는 없었다. 다음 과외 수업까지 최대한 열심히 공부해서 선생님이 보강을 안 해도 된다고 판단하게 만들어야 하기 때문이다. 나는 냉장고에서 잠이 깨는 음료수를 꺼냈다. 가방을 메고 나가던 김고담이 음료수를 마시는 나를 말렸다.

"별로 안 좋은 방법이야."

"에너지 음료일 뿐이야."

멈추지 않고 음료수를 마셨다.

"그건 에너지를 채워 주는 음료가 아니라 카페인이 잔뜩 든 음료야. 카페인은 각성 효과가 있지만, 많이 먹으면 두통이나 메스꺼움, 불면 증 등이 나타나기도 해."

김고담이 겁을 주었지만, 음료수를 끝까지 다 마시고 빈 캔을 내려 놓았다. 김고담이 측은하게 나를 봤다.

"어쩔 수 없어. 피곤을 몰아내려면……."

"너도 참… 힘들게 산다."

김고담은 더는 뭐라 하지 않고 갔다.

김고담이 간 뒤에 캔을 분리수거함에 버리고 내 방으로 가는데 머리 가 살짝 어지러웠다. 문고리를 얼른 잡았다.

달그락… 달그락…

두두두두…. 다다다다…

같은 박자로 울리는 소음이 매캐한 호흡 사이로 섞여 들린다.

몸은 자꾸 구부러지고 눈꺼풀이 감긴다.

천장이 낮다.

허리가 굽혀질 만큼 몸을 바닥으로 끌어당기는 무게가 느껴진다.

바닥으로 축 처지는 듯하다.

머리를 들려고 하자 돌덩이 같은 넓은 판이 점점 내려와 목을 구부러지게 만든다.

이대로 쓰러져 자고 싶다.

다 포기하고 길고 달콤한 잠에 빠지고 싶다.

호통을 친다.

나를 향한 호통이다.

호통에 끌려간다.

거친 손이 내게 하얀 약을 건넨다.

몸에 좋은 약이야.

의심 없이 약을 받아 입안에 넣는다.

쓰디쓴 물이 목구멍에 걸린 먼지와 만나 구역질을 일으킨다.

손을 입으로 틀어막는다.

다시 무게가 나를 짓누른다.

피곤해 미치겠는데 정신은 멀쩡하다.

천장은 점점 내려오고 손에는 점점 묵직한 짐들이 오른다.

자고 싶다.

이대로 쓰러져 자고 싶다.

다리가 휘청거리며 쓰러질 뻔했다. 그 움직임에 놀라 환각에서 깨어났다. 악몽만큼 끔찍한 환각이었다. 등에 식은땀이 흘렀다. 이를 악물고 내 방으로 들어갔다. 엄마에게 이런 모습을 보여 주고 싶지 않았다.

문을 꼭 닫고 책상을 마주했다. 보강을 피하기 위해서 내 모든 힘을 쥐어짰다. 아니, 없는 힘까지 모조리 끄집어냈다.

"알리바이도 의심스러워. 송근우와 마찬가지로 알리바이가 없어. 물론 서안나와 친한 애들이 워낙 없어서 정보를 수집하기 까다롭기는 했지만, 어쨌든 현재까지 종합한 정보에 따르면 알리바이가 불분명해."

등굣길에 김고담은 서안나에 대해 조사한 내용을 정리해서 설명했다. 나는 조용히 듣기만 했다.

"오전에 마저 조사해 보고, 그래도 의문이 풀리지 않으면 점심시간에 서안나를 내가 직접 만나 볼게."

나는 이미 서안나를 범인으로 확신하고 있었기에 수사 과정보다는 어떻게 처리할지를 두고 고민했다. 서안나가 범인임을 다른 사람들에게 알리려면 내가 한 짓도 드러내야 한다. 서안나도 처벌을 받겠지만 나도 학교폭력으로 처벌을 받을 가능성이 컸다. 서로에게 한 방씩 먹인 걸로 하고 끝내야 할까? 그러기에는 내가 당한 고통과 괴로움이 지나치게 크다. 나는 도대체 왜 범인을 잡으려는 걸까? 처벌을 받게 하려고? 아니면 학교생활을 하면서 복수를 해 주려고? 서안나에게 복수를 한다면 어떻게 해야 하는 걸까? 학교폭력을 예민하게 관리하는 상황에서 몸에 직접 타격을 가하는 공격은 어렵다. 만약에 복수를 한다면 예전처럼 학교 전체에 소문을 내서 말로 괴롭히는 방식인데, 그건 서안나에게 먹히지 않는다고 이미 결론이 났다.

괜찮은 복수 방법이 없다고 해서 그냥 용서해 주고 넘어가기도 싫었다. 송근우가 범인임이 밝혀지면 그냥 그렇게 넘어갈 생각이었다. 나를 공격한 범인이 송근우로 밝혀지면 두려움에서 벗어날 것이고, 특별히 송근우에게 악감정도 없기 때문이다. 서안나는 달랐다. 나는 여전히 서안나가 거슬렸다. 내게 그렇게 당하고 문제 삼지 않는 것이 못마땅했기 때문이다. 그때 나는 서안나가 신고하기를 바랐다. 신고를 해도 네가 나를 어쩌지 못한다는 것을 보여 주고 싶었다. 우리 학교에서는 아무도 나를 못 건드린다는 사실을 각인시키고 싶었다. 내 기대를 저버리고 서안나는 아무런 문제 제기도 없이 넘어가 버렸다. 주변에 그런 일이 있었다는 낌새조차 내비치지 않았다. 거지처럼 밥도 못 먹고 사는 주제에 마치 고고한 학처럼 굴었다. 그것이 나를 여전히 불편하게 했다.

점심에 김고담이 내게 잠깐 들르더니 서안나를 만나러 가겠다고 했다. 그러고는 진지하게 물었다.

"서안나가 범인으로 밝혀지면 어떡할 거야?"

김고담도 서안나가 범인일 가능성이 매우 크다고 확신하는 모양이었다.

"아직, 결정 안 했어. 내가 어떡하면 좋겠어?"

내가 되물었다.

"그건 내가 결정할 일이 아니지."

"뭐라고 안 할 테니까, 네 생각만 말해 줘."

"화해가 가장 바람직하다고 봐."

김고담다운 대답이었다.

"싫다면?"

"나야 뭐, 당사자가 아니니까 뭐라고 할 말은 없어. 다만 네가 저지른 잘못도 생각해야 하지 않을까?"

"알았어. 내가 더 생각해 볼게. 빨리 가 봐."

적절한 해결책이 없는 진퇴양난이었다. 머리가 먹먹하고 가슴이 답답했다.

"고담이가 왜 왔어?"

강지연이 눈알을 굴리며 내게 물어 왔다.

"그럴 일이 있어."

"혹시 범인을 알아낸 거야?"

나는 딱히 부정하지 않았다.

강지연은 눈치가 빠르다. 강지연이 나머지 애들을 불러 모았다.

"정말 알아냈어?"

"아직은……. 그렇지만 곧 밝혀질 거야"

나는 무덤덤하게 대꾸했다.

"고담이가 도서관 쪽으로 가던데 혹시… 안나니?"

이수정이 눈치를 보며 물었다.

이수정은 내가 서안나 공책을 태운 장면을 본 목격자 가운데 한 명이다. 이런저런 증거들을 조합해 추론을 한 모양이었다. 나는 가타부타 대답하지 않았고, 그것은 인정한다는 뜻이나 마찬가지였다. 친구들은 호들갑을 떨었고, 유나정이 당장 도서관으로 가자고 선동을 했다.

"기다려. 고담이가 자백을 받아 낼 때까지는……."

나는 차분하게 말렸다.

"이게 그냥 기다릴 상황이야? 네 몸에 화상을 입혔어. 그런 년이 그냥 자백하겠어?"

강지연이 강하게 주장했다.

그 말을 듣고 보니 갑자기 열이 뻗쳤다. 아무리 내가 괴롭혔다고 해도, 아무리 억울하다고 해도 그렇지 어떻게 사람 몸에 불을 붙인단 말인가? 책을 태우는 행위와 사람 몸에 불을 붙이는 짓이 어떻게 같단 말인가?

'내가 요즘 너무 약해졌어. 오랫동안 입원하고, 몸도 약해지고, 악몽에 시달리면서 정신력이 흐트러졌어. 나는 강해! 서안나 같은 년한테는 본때를 보여 줘야 해.'

결심을 굳히자 벌떡 일어났다.

"도서관으로 가자. 그 대신……."

다들 일제히 내 입을 봤다.

"고담이한테는 너희들이 나를 끌고 왔다고 해 줘."

송근우 때와 같은 불평을 김고담에게 듣고 싶진 않으려는 의도였다.

다들 내 뜻을 알아차렸다.

"고담이가 도서관으로 들어가는 걸 내가 보고 끌고 왔다고 해 줄 게."

이수정이 내 마음에 쏙 드는 말을 했다.

나는 흡족한 표정을 이수정에게 보냈고, 이수정은 아주 좋아했다. 친구들이 앞장서고 나는 마지못해 끌려가는 척하며 도서관으로 향했다. 도서관에 들어가니 김고담과 서안나가 마주 앉아 대화를 나누는 모습이 보였다. 서안나는 늘 그렇듯이 책을 읽는 중이었고, 김고담은 맞은편에 앉아서 팔짱을 낀 채 심각하게 말을 하고 있었다. 분위기를 보아하니 김고담이 서안나에게서 자백을 제대로 끄집어내지 못한 듯 했다. 나는 도서관 입구에 선 채 친구들만 들여보냈다. 친구들은 서안나 주변을 둘러쌌다. 김고담은 잠깐 얼굴을 붉혔지만, 이수정 말을 듣고는 다시 원래 얼굴빛으로 돌아왔다.

친구들이 서안나를 압박했다. 특히 이수정이 서안나를 강하게 몰아붙였다. 강지연이 험악하게 굴고 홍다삼과 유나정도 반쯤 욕이 섞인 말로 서안나를 다그쳤다. 신채련은 혹시 선생님이 오는지 살폈다. 다행히 도서관 사서 선생님은 없었고, 도서관에서 책을 읽는 바보 같은 학생들도 없었다. 꿋꿋하게 버티던 서안나가 갑자기 잔기침을 했다.

"콜록콜록……."

"어쭈, 이 년이 약한 척해?"

강지연이 인상을 썼다.

"안 멈춰?"

그러나 서안나는 잔기침을 멈추지 않았다.

콜록콜록 콜록콜록…….

콜록콜록…….

먼지가 인다.

뿌연 먼지 사이로 얇은 기침이 끊임없이 이어진다.

허리를 제대로 펴기 힘든 좁은 공간에 포르말린 냄새가 가득하다.

콜록콜록…….

다락방에서 등을 구부정하게 구부린 소녀가 내려온다.

낡고 헌 하얀 옷에 피처럼 빨간 자국이 보인다.

무거운 짐을 내려놓은 소녀는 등을 굽힌 채 움직인다.

또르르 또르르

콜록콜록

다다다다다 두두두두두

두드리는 소리가 들리더니 엄청나게 강렬한 비명과 함께

불이 일어난다.

바닥에 쓰러진 내 눈에 내 팔을 태우는 불이 보인다.

수백 개 바늘이 팔뚝을 찔러 댄다.

아픈데 비명이 나오지 않는다.

미친 듯이 울부짖고 싶은데 몸도 입도 꼼짝도 하지 못한다.

그럼에도 통증은 생생하게 신경세포를 타고 전달된다.

입을 앙다문다.

입술이 찢어지며 피가 난다.

피가 흐르며 검은 형태가 일어난다.

방망이를 든 손이 보인다.

방망이에 진 붉은 얼룩은 내 피다.

저자가 범인이다.

검은 형태가 날 지켜보더니 느릿하게 몸을 돌린다.

굽은 어깨가 보인다.

좁은 공간에서 허리를 굽히며 일하는 소녀처럼 어깨가 구부정하다.

큰 바늘 하나가 검지를 찌른다.

으으윽.

"으으음."

신음을 흘리며 환각에서 깨어났다. 환각 속에서 겪은 통증은 실재처럼 생생했다. 입술이 아팠다. 입술에서 피가 만져졌다. 등은 식은땀으로 축축했다. 친구들은 여전히 서안나를 압박하고 있었고, 서안나는 꼿꼿하게 앉은 채 버텼다. 나는 입술에 난 피를 닦고 주변을 둘러싼 친구들을 밀쳐 내며 서안나에게 다가갔다. 옅은 포르말린 냄새가 났다. 예전에 알아낸 정보에 따르면 서안나는 가구공장 근처에 있는 다세대주택 반지하에 산다. 아마 그 때문에 몸에 포르말린 냄새가 약하게 밴

　　　　　　　　　　　　　　촛불소녀, 청년 전태일을 만나다

모양이다. 나 말고는 포르말린 냄새를 맡는 사람은 없었다. 아무래도 김고담 말처럼 내 코가 사고를 당한 뒤에 무척 예민해진 듯했다.

"그만들 해."

친구들 시선이 일제히 나를 향했다.

"그만하고 가자."

"왜 그래? 이년이 범인이라니까?"

그러면서 강지연은 서안나에게 자기 얼굴을 바짝 들이댔다.

"너 이러면 학교생활 재미없을 줄 알아."

웬만한 애들이라면 벌벌 떨면서 두려워할 협박이었다. 그러나 서안나는 눈도 깜빡하지 않았다. 도대체 속으로 무슨 생각을 하는지 모르겠다. 무엇이 서안나를 저렇게 강하게 만들었는지 모르겠다. 강한 게 아니면 무딘 걸까? 아무튼 서안나는 범인이 아니다.

"오해해서 미안해."

내가 그리 말하자 가장 놀라는 사람은 김고담이었다.

내 친구들이 떼로 몰려가 서안나를 협박하는 행위는 김고담이 결코 좋아하는 방식이 아니었다. 그런데도 그냥 둔 까닭은 아마 그것이 서안나에게 자백을 받는 괜찮은 방법이라고 판단했기 때문일 것이다. 그만큼 김고담은 서안나가 범인이라고 확신했고, 그건 조금 전까지 나도 마찬가지였다. 그러나 서안나는 범인이 아니다.

친구들은 영문도 모른 채 도서관을 빠져나갔다. 김고담은 뒤따라 나가는 나를 붙잡더니 이유를 물었다. 나는 덤덤하게 대답해 주었다.

"안나는 아니야. 어깨가 굽지 않았어."

서안나는 꼿꼿이 앉은 채 나와 눈이 마주쳤다. 눈빛에서 어떤 감정
도 느껴지지 않았다. 속마음을 전혀 어림할 수 없는 잿빛과 같은 눈동
자였다.

나는 친구들에게 서안나가 아닌 이유를 말해 주지 않았다. 친구들에
게 내가 본 환각을 설명하고 싶지 않았다. 내가 말은 안 했지만, 친구들
은 내 속내를 알아차렸다. 그들은 나와 그들이 같은 지위가 아님을 인
식하고 있었다. 그래서 함부로 내 심기를 건드리는 짓은 안 했다. 그렇
다고 해도 그렇게 그냥 넘어갈 수는 없는 노릇이었다. 내 뜻을 충실히
따라 준 데 대한 보상은 해 주는 게 좋았다. 나는 방과 후에 학교 앞 골
목에 있는 분식집으로 친구들을 데려가서 거하게 쏴 주었다. 김고담에
게 같이 먹자고 했지만, 부담스럽다면서 다른 데서 기다리겠다고 했다.

배부르게 분식을 먹고 나오며 시끄럽게 수다를 떨었다. 골목길 모퉁
이를 도니 붕어빵을 파는 노점상이 나타났다. 그곳에 하얀 옷을 입은
소녀가 서 있었다. 나는 그 소녀를 가리키며 뭐라고 하려는데 친구들
은 마치 아무것도 못 본 듯 그냥 지나쳐 갔다.

'저 소녀도 환각일까?'

환각인지 아닌지 확인하고 싶었다. 나는 전화 통화하는 척하며 친구
들을 먼저 보냈다. 친구들을 보낸 뒤에 하얀 옷 소녀에게 천천히 다가
갔다.

촛불소녀, 청년 전태일을 만나다

"야, 너 뭐야?"

소녀는 두어 걸음 뒤로 물러났다. 그러면서도 입에 넣은 손가락을 계속 빨고 시선은 붕어빵에서 떨어지지 않았다.

"넌 뭔데 내 앞에 자꾸 나타나?"

내가 바짝 다가가자 소녀는 주춤주춤 뒤로 물러났다.

"말해 봐. 정체가 뭐야?"

소녀 얼굴 가까이에 내 얼굴을 들이밀었다. 소녀가 내쉬는 숨결이 느껴졌다. 가짜가 아니었다. 소녀는 환각이 아니었다.

"야, 김소희! 거기서 뭐 해?"

나를 부르는 김고담을 잠깐 본 뒤에 다시 소녀에게 고개를 돌렸는데 그 사이에 소녀는 사라지고 없었다. 주변을 샅샅이 살폈지만 하얀빛을 내는 물건조차 보이지 않았다.

05.
나를 영원히 잊지 말아 줘

송근우를 용의자에서 제외하고 난 뒤에 김고담이 가장 의심한 대상자는 이은진과 박형준이었다. 서안나에게 쏠렸던 의심이 사라지자 두 사람이 강력한 용의자로 떠올랐다. 이은진은 내게 몹시 껄끄러운 상대다. 나는 초등 4학년부터 학교에서 공주였고, 아무도 나를 함부로 대하지 못했다. 중학교에 입학한 뒤에는 내 위치가 더 공고해졌다. 그런데 이은진은 나에게 대들었다. 다른 누구도 아니고 이은진이기에 쉽게 제압되지 않았다.

이은진은 예쁘다. 이 한마디면 모든 게 설명이 된다. 외모도 돈 못지 않게 힘이 세기 때문이다. 내 힘이 아빠에게서 나온다면 이은진이 지닌 힘은 외모에서 나온다. 예뻐도 지나치게 예쁘다. 주위에서 다들 이

촛불소녀, 청년 전태일을 만나다

은진에게 연예인을 하라고 부추긴다. 아마도 운만 좋으면 연예인이 될지도 모른다. 이은진 스스로도 자기가 예쁜 줄 알았다. 빼어난 외모를 적절하게 이용하는 재주도 뛰어났다. 그러다 보니 나보다는 못했지만 꽤 강한 영향력을 발휘했다.

이렇게 말하면 내가 이은진 외모에 질투를 느껴서 이은진에게 싸움을 먼저 건 줄 알겠지만 그렇지 않다. 이은진이 다른 차원에 사는 존재처럼 느껴져서 나는 관심을 두지 않았다. 같은 반이어서 별의별 꼴사나운 짓을 많이 봤지만 그러려니 했다. 나는 내 영역에서 권력을 누렸고, 이은진도 자기 영역에서 나름 권력자로 군림했다. 두 권력은 전혀 다른 차원에 존재하는 듯했다. 나는 이은진을 내 아래로 두고 싶지는 않았는데, 상황은 내 뜻과 다르게 흘러갔다. 강한 권력은 충돌하기 마련이다. 권력자끼리는 싸움이 반드시 일어난다는 것을 나는 미처 몰랐다.

평화롭던 관계가 틀어진 계기는 우연히 찾아왔다. 체육수업에서 피구를 할 때였다. 여학생끼리 재미나게 피구를 즐기는데 이은진이 하는 꼴이 거슬렸다. 다들 눈치를 보면서 이은진한테는 공을 던지지 않았다. 이은진이 공에 맞으면 아름다운 외모에 생채기라도 날 듯이 조심했다. 그 반면에 나에게는 아무나 다 공격했다. 나는 심술궂게 권력을 휘두르기도 하지만 정정당당하게 대결해야 하는 운동경기에서는 특권을 누리지 않았다. 일부러 봐주면서 하는 경기는 재미가 없었다. 그러다 보니 평소에 감정이 쌓인 애들이 나를 향해 일부러 강하게 공격하기도 했지만, 마음에 앙금을 쌓아두지 않았다. 그러나 이은진은 나와 반대였다. 조금이라도 몸에 공이 닿으면 얼굴을 일그러뜨렸고, 그러면 공을 던진 애가 움찔했다.

만약 내가 운동신경이 아주 뛰어나다면 이은진을 향해 강력한 공을 날렸겠지만, 나는 평범하기에 내 의도를 실현할 만한 공격 능력을 갖추지 못했다. 두어 번 이은진을 향해 공을 날렸지만 내 의도와 달리 엉뚱한 애만 맞히고 말았다. 체육시간은 점점 끝을 향해 갔다. 이은진이 속한 반대편에 네 명이 남았고, 우리 편은 나와 유나정만 남았다. 공이 내 손에 들어왔고 나는 밖으로 돌리는 척하다가 반대편을 향해 있는 힘껏 공을 던졌다. 특별히 누구를 겨냥하지는 않았다. 상대편 네 명이 한 곳에 몰려 있었기에 그냥 그곳을 향해 던졌을 뿐이다. 공은 빠르게 날아가 이은진을 강타했다. 그것도 이은진이 가장 소중하게 여기는 얼굴을 정통으로 타격했다.

이은진은 얼굴을 감싸더니 풀썩 주저앉았다. 이은진을 맞춘 공이 다시 우리 편에게 들어왔지만, 공을 잡은 애는 마법이라도 걸린 듯 꼼짝도 안 했다.

"뭐 해? 빨리 공격해!"

내가 소리쳤지만 그 애는 공을 든 채 멀뚱멀뚱 서 있었다. 상대편 애들은 주저앉은 이은진을 둘러싸고 어쩔 줄 몰라 했다. 얼굴을 공격할 의도는 없었지만 조금 미안했다. 그래서 생전 안 하던 사과를 하려고 이은진에게 다가갔다.

촛불소녀, 청년 전태일을 만나다

"많이 아파? 미안해. 그럴 의도는 아니었어."

내가 사과했지만, 이은진은 얼굴을 가린 채 쪼그려 앉아서 꿈쩍도 안 했다.

"미안해. 괜찮아?"

나로서는 최대한 예의를 갖춘 사과였다.

그런데도 이은진은 아무런 반응을 보이지 않았다. 나로서는 어찌할 방법이 없었다. 일어날 때까지 기다려야 하나, 아니면 그냥 그곳을 벗어나야 하나 고민하는데 이은진이 벌떡 일어났다.

"미안해."

곧바로 다시 사과했다. 그러나 이은진은 내 사과를 받지 않았다. 그 대신에 핏발 선 눈으로 나를 잡아먹을 듯이 노려보았다. 얼굴이 울긋불긋했다. 공에 맞은 탓인지, 맞고 나서 울어서 그런지는 불분명했다.

이은진이 나를 향해 뭐라고 중얼거렸다. 희미하기는 했지만, 욕 같았다. 얼굴을 노리고 한 공격도 아니고, 피구를 하다 보면 예상치 못하게 얼굴에 맞기도 하는데 그걸로 나에게 욕을 해대니 화가 확 끓어올랐다. 그따위로 구는 상대를 내버려둘 내가 아니었다. 상대가 이은진이어도 마찬가지였다.

"너, 방금 뭐라고 했어?"

나는 안색을 바꿨다. 미안함 따위는 이미 사라지고 없었다.

내가 그렇게 나가면 거의 모든 여자애는 겁을 먹고 기가 죽는다. 그러나 이은진은 도리어 더 강하게 나왔다.

"미친년이라고 했다. 왜?"

살아오면서 처음 듣는 욕이었다. 아무도 내게 그런 욕을 하지 않았다. 아니 감히 못 했다. 나를 낳고 기른 엄마도 나에게 욕 한마디를 안 했는데, 이은진 따위가 내게 욕을 하다니 용납할 수 없었다.

"이게 얼굴 예쁘다고 봐줬더니, 아주 미쳐 날뛰는구나."

내가 그렇게 나가자 주위가 싸늘해졌다. 나는 나에게 대항하는 애를 가만히 둔 적이 없다. 스스로 힘이 있다고 느낀 뒤부터 조금이라도 거슬리면 가차 없이 짓밟아 왔다.

"미친년, 네가 뭐 공주라도 되는 줄 알아?"

이은진은 기세에서 전혀 밀리지 않고 정면 대응을 해 왔다.

"얼굴 믿고 나대는구나. 네가……."

이은진에게 바짝 다가갔다. 여차하면 뺨을 후려갈겨 버릴 생각이었다. 이은진은 몸을 보물로 여긴다. 자기 몸을 끔찍하게 아낀다. 얼굴과 몸이 재산이자 권력임을 알기 때문이다. 만에 하나 먼저 몸싸움을 걸어오면 얼굴에 흠집을 내 버릴 작정이었다. 싸움 도중에 벌어진 일이니 감히 내게 책임을 묻지 못하리란 계산도 있었다. 이은진이 한걸음 물러났다. 나는 손에 힘을 주었다. 뺨을 향해 손을 날리려는데 체육 선생님이 온다고 누가 소리쳤다. 선생님 앞에서 싸울 수는 없었다. 어쩔 수 없이 아무 일 없는 척 물러났다.

그때부터 이은진과 나 사이에 긴장이 흘렀다. 묵사발을 만들어 버릴 방법을 찾는데 이은진이 먼저 도발했다. 그동안 내가 괴롭혔던 애들

촛불소녀, 청년 전태일을 만나다

이름과 사례들이 뒷말로 나돌았다. 다들 내 앞에서는 감히 말하지 못하지만, 뒤에서는 나를 못된 일진으로 씹어 댔다. 내가 하지도 않았던 일까지 내가 벌였다는 헛소문마저 돌았다. 이은진이 없는 죄도 만들어 내서 나에 대해 나쁜 소문이 돌도록 만든 것이다. 그 헛소문은 나와 친한 친구들까지 나를 대하는 태도가 달라지게 만들었다. 대놓고 반기를 들지는 않았지만, 충성도가 약해진다는 느낌이 들었다. 그만큼 내게는 전례가 없던 위기였다. 그 소문만은 그대로 방치할 수 없었다. 나는 곧바로 이은진을 찾아갔다.

"그따위 헛소문을 낸 게 너지?"

"뭔 소문?"

"지금 몰라서 물어?"

"아, 그 소문."

이은진은 빙글빙글 웃었다.

"아니 땐 굴뚝에 연기 날 리 없다는 속담도 모르나 봐."

예쁜 얼굴에 침을 뱉고 싶었다.

"너 맞지?"

다그쳐 묻는 이은진은 비웃음만 흘릴 뿐 가타부타 대답하지 않았다.

말로 굴복시킬 상대가 아니었다. 나는 빠르게 다가가 이은진 뺨을 향해 오른손을 휘둘렀다. 짝~! 충돌음이 나며 이은진이 옆으로 쓰러져야 하는데, 내 손은 중간에 멈췄다. 억센 손이 내 팔뚝을 움켜쥐었기 때문이다.

"아얏!"

워낙 강한 힘이었기에 팔목이 시큰거릴 정도였다.

"말로 하지."

내 팔을 잡은 놈은 박형준이었다. 박형준은 1학년 일진이다. 주먹도 세고 성깔도 더러워서 다들 피하는 놈이었다. 그런 박형준이 이은진을 위해 나선 것이다. 나중에 안 사실이지만 나와 충돌한 뒤에 이은진이 박형준과 가까워졌다고 한다. 자신을 좋아하는 남자들이 무수히 많았지만 단 한 번도 곁을 내준 적이 없던 이은진이 박형준과 가까워진 이유는 오직 나 때문이었다. 박형준 때문에 이은진을 물리력으로 제압할 길은 사라졌다. 말로는 어찌할 길이 없었고, 이은진 주변에는 나 못지않게 따르는 애들이 많았기에 숫자로 밀어붙이기도 힘들었다. 이래저래 내가 불리한 상황이었다.

기세가 불리할 때 그 자리에서 발버둥치면 더 깊은 늪으로 빠져든다. 상황 파악을 한 나는 재빨리 그 자리를 피했다. 내 생애 처음으로 겪는 굴욕이었다. 이가 갈렸다. 이은진을 철저히 굴복시킬 방법이 필요했다. 일단 박형준에 맞설 무력이 필요했다. 그래서 내가 찾은 대안 중 하나가 이진석이었다. 이진석은 박형준 못지않게 싸움을 잘하는 일진이다. 그래도 박형준보다는 인간미가 있고 장난기도 많다. 오래전부터 나를 좋아하는 감정을 이용해 이진석을 끌어들였다. 내 의도를 다 알면서도 이진석은 기뻐하며 나와 가까워졌다. 이제 박형준과 맞설 물리력은 갖췄다. 박형준을 두려워하지 않아도 되었다. 그런 와중에도 이은진은 끊임없이 나에 대해 안 좋은 소문을 냈고, 나에 대한 평은 점점 나빠져 갔다. 이은진을 단번에 무릎 꿇릴 확실한 방법을 찾아야 했다. 약점을 찾아야 했고, 그러려면 일급 정보가 필요했다. 나는 이은진에 대한 정보를 샅샅이 수집했고, 마침내 아킬레스건을 찾아냈다.

약점을 공략할 계획을 세운 나는 일부러 아무도 데려가지 않은 채 이은진을 찾아갔다. 일부러 약하게 보이면서 이은진에게 소문 좀 그만 내라고 부탁했다. 이은진은 나와 벌이는 대결에서 우위를 점했다고 판단했는지 내게 무릎을 꿇고 사과하라는 요구를 했다. 나는 살짝 울먹거리면서 그 자리를 빠져나왔다. 물론 다 연기였다.

그날 밤, 나는 내가 만들어 낼 수 있는 가장 우울한 표정과 몸짓을 하며 아빠와 마주 앉았다. 아빠는 단박에 내게 심상치 않은 사건이 벌어졌음을 알아차리고 이유를 캐물었다. 나는 한참 주저하는 척하다가 이은진과 나눴던 대화를 녹음한 파일을 들려주었다. 그때처럼 아빠가 분노한 적은 없었다. 아빠는 당장 학교로 쳐들어갈 듯이 분노했다. 나는 눈물을 글썽거리며 내가 준비한 문장을 정확하게 내뱉었다.

"얘네 아빠가 아마 아빠 회사에 다닐 거예요."

내 말은 즉각 아빠를 움직이게 했다. 아빠는 지체하지 않고 조사에 들어가서 곧바로 이은진 아빠가 누군지 찾아냈다. 아빠는 비서실을 통해 이은진 아빠를 불러냈고, 한밤중에 밖으로 나가 이은진 아빠를 만나고 왔다. 물론 아빠는 내가 녹음한 파일도 들고 나갔다. 밖에서 돌아온 아빠는 여전히 힘든 척하는 나를 다독이며 위로해 주었다.

"내일 학교에 가면 다 정리되어 있을 거야. 가서 네가 따끔하게 혼내 줘. 내 딸을 건드리면 어떻게 되는지 모두에게 똑똑히 보여 줘."

아빠 말대로였다. 아침에 학교에 갔더니 이은진이 퉁퉁 부은 눈으로 나를 찾아왔다. 이은진은 인적이 드문 곳으로 가자고 했지만, 나는 다른 애들이 모두 있는 곳에서 무릎 꿇고 사과할 것을 요구했다. 이은진으로서는 내 요구를 거부할 수가 없었다. 감히 회장님 따님을 건드린 대역죄를 저질렀기 때문이다.

한밤중에 회장님에게 불려 나간 이은진 아빠는 자기 딸이 회장님 따님에게 저지른 짓을 접하고 크게 분노했을 테고, 무자비하게 야단을 쳤을 것이다. 만약에 이은진이 내게 충분히 사과와 그에 따른 책임을 다하지 않는다면 이은진 아빠는 지독하게 어두운 앞날을 맞게 될 게 뻔했다. 물론 아빠라면 해고하는 정도로 끝내지 않을 것이다. 녹음 파일은 학교폭력을 당한 근거 자료로 활용되고, 학교폭력을 인정받은 뒤에는 그에 따른 손해배상 소송에 돌입할 것이다. 아빠는 일단 공격하면 상대를 처참하게 무너뜨릴 때까지 인정사정 봐주지 않는 분이다. 초등학교 4학년 때 주위 애들이 나를 무서워하게 된 계기도 바로 그런 아빠 때문이었다.

이은진은 내 앞에서, 수많은 애들이 지켜보는 가운데 무릎을 꿇고 내게 잘못을 빌었다. 나는 충분히 이은진에게 굴욕감을 안겨 준 뒤에 그 예쁜 뺨에 붉은 손바닥 자국을 남겨 주었다. 내가 지닌 힘이 얼마나 강한지 애들에게 다시 한번 확인시켜 주기 위해서였다.

그 사건 뒤로 이은진을 따르던 무리는 해체되었다. 그러나 빼어난 외모는 여전했기에 이은진이 외톨이가 되지는 않았다. 나도 더는 몰아붙이지 않았다. 이미 굴복시킨 상대를 벼랑으로 몰지 않는 게 내 원칙이기 때문이다. 나는 관대함을 베풀었고, 이은진은 내 눈치를 보면서도 나름 잘 지냈다. 당연히 속으로는 나를 향해 이를 갈겠지만, 겉으로 원한 감정을 드러낸 적은 없었다. 과연 이은진이 내게 복수를 감행했을까? 이은진이 범인이라면 긴 시간 동안 조용히 지내다 갑자기 범행을 저지른 계기는 무엇일까?

김고담도 나와 같은 의문을 품고 있었다.

"동기는 충분하고, 범행을 수행할 능력도 갖추었어. 그렇지만 왜 하필 이때일까? 무슨 계기가 있었을까? 그게 명확하지 않아."

김고담은 송근우, 서안나를 조사할 때와 달리 자신이 없어 보였다. 나는 그 까닭을 얼추 어림하기에 일부러 김고담 자존심을 건드렸다.

"혹시 너, 박형준이 무서운 거야?"

김고담 입술 끝이 잠깐 찌그러졌다가 원래대로 돌아왔다.

"너 쫄았지?"

"뭔 소리야?"

"겁나면 관둬. 내가 알아서 할 테니까."

"누가 겁난대…… 증거 수집이 까다로우니까 그렇지."

자존심을 건드린 효과는 확실했다. 토요일과 일요일 동안 김고담은 모든 능력을 총동원해서 자료를 수집했다. 나는 그 덕분에 오직 공부에만 몰두할 시간을 얻었다. 일요일 밤, 김고담은 내가 품었던 의문에 대한 답을 들고 우리 집으로 왔다.

"이은진이 너에게 복수할 기회를 호시탐탐 노렸던 점은 확실해. 자신이 직접 못 하니 박형준을 계속 자극했다는 증언을 확보했어. 이은진이 원하는 바를 해내지 못하면 자신을 떠날 것을 안 박형준은 계속 방법을 모색했지만, 기회를 찾지 못했어. 이은진을 무너뜨릴 때 보여 준 네 힘이 두렵기도 했고, 네 곁에 버티고 선 이진석을 껄끄러워했다고도 해."

"그 정도는 나도 짐작했어."

"문제는 그들이 오랫동안 복수에 나서지 못하고 눈치만 보다가 여름방학을 하는 날 공격에 나설 만한 이유가 있느냐야. 과연 그럴 만한 동기나 이유가 있었는지가 우리가 품었던 의문이지."

김고담에게서 여유와 자만심이 엿보였다.

"찾았구나."

반가운 마음과 김고담 능력을 인정하는 감탄이었다.

"내가 프로파일러 아니냐. 딱 찾아냈지."

"대단해."

엄지를 치켜세웠다. 인정해 줄 때는 화끈하게 해야 한다. 강한 인정은 없던 동기도 만들어 내기 때문이다.

"우리가 원하는 답을 찾아내기 위해서는 몇 가지 정보를 결합해야 해. 첫째, 박형준 아빠가 우리가 전에 갔던 가구공장 사장이야. 둘째,

그 공장에는 이주노동자들이 많이 일해. 셋째, 지난 5월 말에 최필립이란 녀석이 전학을 왔어. 넷째, 최필립 아빠는 가구공장에서 일하는 이주노동자야."

나도 최필립이 누군지는 안다.

"잠깐만, 최필립 외모는 아빠가 이주노동자처럼 보이지 않는데?"

"그게 바로 내가 알아낸 비밀이지."

김고담은 또다시 으스대며 잘난 척을 했다. 나는 가만히 기다려 주었다.

"다섯째, 최필립 엄마는 미혼모야. 10대 때 최필립을 낳았고 최필립을 혼자 힘들게 키우다 올해 결혼을 했는데 그게 바로 가구공장에서 일하는 이주노동자야. 여섯째, 결혼하고 가구공장 근처 다세대주택 반지하에 살림집을 차렸고, 최필립이 우리 학교로 전학을 왔어. 일곱째, 박형준은 최필립을 거의 하인처럼 부리고 있어."

더는 설명을 듣지 않아도 되었다. 모든 게 명백해졌다. 박형준과 최필립은 나와 이은진 관계와 비슷하다. 아니, 훨씬 심화한 관계다. 부모가 맺은 상하관계가 자식들에게도 이어진다. 봉건시대는 아니지만 엄연한 현실이다.

이은진에게 잘 보이려는 박형준이 최필립을 이용해 범행을 저지르려고 했다면 얼마든지 가능하다. 그렇지만 꼭 갖춰야 할 조건이 있었다. 최필립 어깨가 굽었는지 여부였다. 최필립 얼굴은 대략 기억이 나지만 어깨가 굽었는지는 명확하지 않았다.

"혹시, 최필립 어깨가 조금 굽었어?"

"글쎄, 그건 잘 모르겠는데……."

김고담이 고개를 갸웃거렸다.

"확인해 봐."

김고담은 바로 전화를 집어 들었다. 두 명에게 전화하더니 내가 원하는 답을 해 주었다. 내 예상대로 최필립은 어깨가 살짝 굽었다. 가구 공장 옆에 사니 포르말린 냄새는 당연히 날 것이다.

"그날 알리바이도 불분명해. 맨날 박준형을 따라다니던 녀석이 그날은 박준형과 같이 있지 않았대. 박준형은 마치 알리바이를 만들려고 작정이나 한 듯이 평소와 다르게 성실하게 청소를 했고. 그건 이은진도 마찬가지야. 최필립 행적은 30분 정도 불분명해. 아무도 본 사람이 없어."

김고담은 거의 최필립을 범인으로 확신하는 듯했다. 내 생각에도 그랬다. 그러나 문제는 그다음이었다. 최필립은 손과 발이 되어 움직였지만 진짜 범인은 아니다. 진범은 박형준이고, 그 배후는 이은진이다. 이은진이 자기 아빠 때문에 내게 굴복했듯이 최필립은 박형준에게 저항하지 못한다. 만에 하나 최필립이 자백한다고 해도 그 뒤에 반드시 박형준이 최필립에게 보복할 것이다. 나라도 그럴 테니까. 그 보복은 최필립 새아빠에게 향할 것이고, 그러면 최필립 가정은 위기에 빠진다.

어떻게 하면 최필립이 겁먹지 않고 배후를 발설하게 만들 수 있을까? 물론 방법이 없지는 않았다. 다시 우리 아빠가 지닌 힘을 이용하면 된다. 최필립 새아빠를 아빠 회사에 취직시키면 된다. 그러나 그것은 위험부담을 안아야 한다. 내가 요구하면 아빠가 들어주시기는 하겠지만, 내가 왜 그런 부탁을 하는지 아빠가 물어볼 게 분명하다. 아빠는 내 부탁은 뭐든 들어주는 딸바보에 가깝지만, 특정한 사람을 취직시켜 달라는 요구를 받고 그 이유조차 묻지 않을 분은 아니다. 만약 아빠가 모든 상황을 알게 되면 아빠는 내 부탁을 들어주기는커녕 최필립을 비롯해 사건 관계자들 전체를 가만히 두지 않으려 할 것이다. 최필립에 관한 비밀은 숨긴 채 연민을 앞세워 부탁할 수도 있지만, 나를 꿰뚫어 보는 아빠가 곧이곧대로 믿을 거라고 장담할 수는 없었다.

내 고민을 김고담도 이해했다.

"방법이 없지는 않아. 일단 최필립에게 자백을 받고, 그걸로 박형준과 이은진을 압박하지는 않는 거야. 그리고……."

"그리고?"

"다른 방법으로 응징을 하는 거지."

"다른 방법이 뭔데?"

김고담이 어깨를 으쓱했다.

"그건 네 전문이잖아."

면박을 주려다가 참았다. 김고담 말이 딱히 틀리지 않았기 때문이다.

"최필립을 설득하려면 보장이 필요해. 네가 자백을 근거로 삼아 박형준과 이은진을 압박하지 않는다는 보장."

나는 잠시 고민했다. 자백을 근거로 박형준과 이은진을 박살 내고 싶었다. 물론 그랬다가는 최필립이 다친다. 예전 같으면 최필립 따위는 고려조차 안 했겠지만, 습격을 당한 이후로, 아니 사건을 조사해 나가면서 나는 예전과 달라졌다. 어차피 내게는 범인이 누구인지가 중요했다. 일단 범인을 알면 불안에서 벗어날 수 있고, 적절한 대응이 가능하기 때문이다. 복수는 다른 방법으로 해도 된다. 결론을 내리자 대답이 명쾌하게 나왔다.

"알았어. 그럴게. 범인이 누군지 알면 복수는 차근차근하면 되니까."

"약속 깨지 마."

"약속해. 그나저나 자백을 어떻게 받을지는 생각했어?"

"위험이 없다면 진실을 밝히는 건 어렵지 않아. 연쇄살인범 이춘재도 프로파일러가 자백을 받아 냈잖아. 그러니까 나만 믿어."

김고담은 자신이 진짜 프로파일러라도 된 듯이 자신만만하게 굴었다.

그다음 날, 김고담이 최필립에게서 자백을 받아 낼 준비를 하는 동안 나는 과외 준비에 몰두했다. 과외 선생님에게 보강하지 않아도 되는 실력임을 인정받기 위한 노력이었다. 시간은 빠르게 흘렀고, 과외 시간이 가까워질수록 맥박이 빠르게 뛰었다. 방과 후에 최필립과 분식집을 같이 가기로 했다고 김고담에게서 연락을 받고 갈등에 빠졌다. 최필립이 어떻게 나오는지 지켜보고 싶은 열망도 강했지만, 과외 준비를 조금이라도 더 해야겠다는 초조함도 그에 못지않았다. 한참 갈등 끝에 최필립을 직접 지켜보기로 결정했다.

김고담은 최필립을 학교에서 조금 떨어진 분식집으로 데려갔다. 최필립이 좋아하는 순대와 쫄면을 잘하는 가게였다. 김고담은 나와 통화 상태를 유지한 채 최필립과 대화를 나누었기에, 나는 조금 떨어진 곳에서 기다리며 두 사람이 나누는 대화를 실시간으로 들었다. 물론 분식집 안도 직접 보았다. 김고담은 여느 때와 마찬가지로 농담을 하며 어색한 분위기를 풀었다. 최필립이 따라 웃을 만큼 화기애애했다. 김고담이 지닌 특별한 능력이 만들어 낸 효과였다. 그렇지만 시간이 흘러도 본론이 나오지 않았다. 김고담이 조심스러워하는 태도가 느껴졌다. 빨리 말을 꺼내지 않는 게 무척 답답했다. 과외 준비할 시간을 포기하며 기다리는데 성과 없이 끝날까 봐 걱정되었다.

변함없는 대화에 갑갑해서 자리에서 일어났다. 뻐근한 어깨와 다리를 풀면서 주위를 서성였다.

'어! 저게 뭐지?'

검붉은 빛이 감도는 자국, 분명히 피였다. 살이 베이거나 상처에서 나온 피가 아니라 입으로 토해 낸 피 같았다. 누가 각혈이라도 한 걸까? 쭈그려 앉아 핏자국을 자세히 살폈다. 방금 토한 듯 비릿한 냄새가 났다. 피 냄새에 머리가 멍해졌다.

어둠뿐이다.

온통 막막한 어둠이다.

철컥.

촛불이라도 켠 걸까?

작은 불꽃이 살랑거린다.

불빛에 주위가 조금 밝아진다.

책 한 권이 보인다.

곳곳이 헐고 뜯어진 낡은 책이다.

책 제목에 '법'이란 글자가 얼핏 나타났다가 사라진다.

작은 불꽃이 낡은 책으로 다가간다.

책 앞에서 불꽃이 잠시 망설인다.

가늘고 긴장된 숨소리가 들리고,

불꽃은 다시 느릿하게 책으로 다가간다.

불이 책에 닿는다.

책이 타오른다.

책이 내 팔을 향해 붉은 혀를 날름거린다.

내 살갗이 붉은 혀에 휘감긴다.

살갗이 타들어간다.

온 신경이 떨린다.

신음 대신 어떤 외침이 들린다.

영혼이 내지르는 울부짖음이다.

살이 타는 냄새가 역하게 파고든다.

강한 악취가 정신을 되돌아오게 했다. 숨을 거칠게 몰아쉬었다. 귀에 꽂은 이어폰에서는 김고담이 최필립을 달래며 자백을 받아 내려는 시도가 쉼 없이 이어졌다. 최필립은 이은진과 박형준이 내게 얼마나 악감정을 품고 있는지 술술 털어놓았다. 조금만 더 건드리면 진실을 털어놓을 듯한 분위기였다. 생각보다 김고담은 능수능란했다.

'책이었어. 책에 붙은 불이 내 팔에 화상을 입혔어.'

이은진과 박형준은 책과는 전혀 어울리지 않는다. 물론 책은 최필립과도 어울리지 않는다. 나는 휴대전화 통화종료를 눌렀다. 더 들을 필요가 없었다. 아마 김고담은 자백을 받아 내지 못할 것이다.

몇 걸음 바깥에 또 다른 핏자국이 보였다. 다가가서 자세히 살폈다. 역시 각혈한 흔적 같았다. 핏자국은 일정한 간격으로 계속 이어졌다. 핏자국을 따라갔다. 골목 모퉁이를 돌자 하얀 옷을 입은 소녀가 걸어가는 뒷모습이 보였다. 발자국 뒤로 핏자국이 떨어졌다. 걱정되어 말을 걸려다가 그만두었다. 은밀하게 나타났다가 갑자기 사라지는 소녀가 어디 사는지, 정체가 무엇인지 알아내고 싶었다.

소녀는 같은 속도로 계속 걸었다. 목적지만 보고 걷는 사람처럼 단한 번도 주위에 시선을 돌리지 않았다. 얼마를 걸었는지 모르겠다. 어디로 가는지도 모르겠다. 계속 그 소녀 뒤를 따랐다. 다리가 쩌릿했다. 등에 땀이 흘렀다. 발바닥이 아팠다. 피곤했지만 멈출 수 없었다.

주위에 눈길조차 주지 않던 소녀가 갑자기 붕어빵을 파는 노점상 앞에 멈춰 섰다. 소녀는 손가락을 입에 물고는 허기진 표정으로 붕어빵을 빤히 쳐다보았다. 허기가 져서 붕어빵이라도 먹고 싶지만, 돈이 없는 처지인 듯했다. 조심스럽게 다가갔다. 가만히 옆에서 선 뒤 붕어빵 한 봉지를 샀다. 나를 부러워하는 소녀 눈빛이 붕어빵 봉지에 모였다.

"먹을래?"

붕어빵을 봉지째 내밀었다.

소녀 손이 움찔거렸다. 받을지 말지 망설이는 듯했다.

"괜찮아. 받아."

붕어빵 봉지를 소녀 앞으로 바짝 내밀었다. 소녀가 주저하며 봉지를 잡으려 했다.

전화가 울렸다.

전화기를 꺼냈다.

김고담이었다.

전화를 받았다.

"야, 너 어디야? 두 시간 동안 전화도 안 받고,"

조금 피곤하기는 했지만 내가 두 시간이나 소녀를 따라서 걸었다니 믿기지 않았다. 시간을 확인했다.

'이런 맙소사! 정말 두 시간이 지났잖아!'

어처구니가 없었다.

"여기가 어디냐면……."

주변이 어딘지 살폈다. 익숙한 건물이나 거리 이름이 하나도 없었다. 노점상 주인에게 장소를 물어보는데 붕어빵 봉지를 든 손이 허전해졌다. 소녀에게 시선을 돌리는데 그 자리에는 아무도 없었다.

허공에서, 아니 아주 먼 데서, 어쩌면 내 안에서, 메마른 듯하면서도 푸근하고 고운 목소리가 울렸다.

'부탁이 있어.'

'나를, 지금, 이 순간의 나를'

'영원히 잊지 말아 줘.'

택시를 타고 집으로 왔다. 과외에도 늦었다. 김고담도 나와 같이 야단을 맞았다. 보강을 피하려던 내 노력은 헛고생이 되고 말았다. 상황을 설명하기도 난감했다. 있는 그대로 얘기한다고 해도 믿어 줄 것 같지 않았다. 도리어 내 정신이 이상하다고 정신과에 데려갈지도 모른다. 이런 고민을 터놓고 나눌 만한 사람은 할머니밖에 없었다. 할머니에게 상의해야겠다고 결심을 하는데 엄마 전화기가 울렸다. 전화를 받은 엄마는 깜짝 놀라더니 황급히 나갈 준비를 했다.

"왜 그래 엄마? 무슨 일이야?"

다급히 물었다.

"할머니가 다치셨대. 지금 병원이래."

엄마는 혼자 가려고 했지만, 할머니가 다치셨다면 내가 그대로 있을 수는 없었다. 나는 고집을 부려 엄마를 따라나섰다.

06.
반지의 무게

엄마는 운전하고 가면서 아빠와 통화했다. 스피커로 통화하는 소리
가 다 들렸다. 아빠는 화가 많이 나 있었다. 엄마는 그런 아빠를 달래느
라 진땀을 뺐다. 그동안 오며가며 얼핏 들었던 대화들을 통해 아빠 회
사에 곤란한 일이 생겼고, 거기에 할머니가 얽혀 있다는 사실은 알고
있었다. 그렇지만 자세한 사정은 몰랐는데 차에서 들은 대화를 통해
어떤 일이 벌어졌는지 확실히 알아차렸다.

아빠 회사에서 산업재해가 일어났다. 아빠 회사 직원은 아니고 외
주업체 직원이 사망한 사고였다. 노동부와 경찰이 나와서 현장 조사를
했고, 아빠는 회장으로서 경영 책임을 다했다는 점이 밝혀져서 처벌
대상에서 빠졌다. 산업재해가 발생한 책임은 외주업체에 있었기에 그

에 따른 처벌과 보상이 이루어졌다. 그러나 외부 단체가 개입해서 아빠 회사에 책임을 물어야 한다며 촛불시위를 벌였다. 거기에 몇몇 시민들이 지지자로 참가했는데, 그 시민 가운데 한 사람이 바로 할머니였다. 그동안 엄마가 할머니를 왜 그렇게 못마땅하게 여겼는지 알 만했다.

병실에 도착했는데 경찰이 막고 있었다. 경찰 조사가 끝날 때까지 가족 면회도 안 된다고 했다. 병실 안에는 아빠와 같이 몇 번이나 보았던 변호사가 경찰과 함께 할머니와 대화를 나누고 있었다. 병실 밖에서 본 할머니는 다친 사람답지 않게 매우 밝고 쾌활했다. 30분쯤 기다리다가 병실로 들어갔다. 할머니는 다리에 살짝 화상을 입고 발목을 조금 삐었을 뿐이라며 다친 걸 대수롭지 않게 말했다. 할머니 건강을 염려하던 엄마는 잠시 뒤 내게 나가라고 눈짓을 했다.

"엄마는 사위가 감옥에 가야 속이 시원하겠어?"

병실 문을 막 나가자마자 엄마가 할머니를 다그치는 소리가 들렸다.

"잘못했으면 책임을 져야지."

할머니는 지지 않고 맞섰다.

"내 남편이고, 소희 아빠야."

두 분이 다투는 소리를 더 듣기 싫었다. 얼른 휴게실로 갔다. 30분쯤 지난 뒤에 엄마가 휴게실로 왔다.

"너 들어오래."

엄마는 몹시 지쳐 있었다.

"할머니 몸은 어때?"

"너도 봤잖아. 크게 다치진 않으셨어."

할머니를 어떻게 대해야 할지 정하지 못한 채 병실로 들어갔다. 할머니는 나를 반갑게 맞이했다.

"괜찮으세요?"

"그럼!"

할머니가 소녀처럼 웃었다.

"불에 살짝 뎄다고 병원까지 끌고 오다니……. 다들 나를 노인네 취급한다니까."

할머니는 환자복을 걷어 올려 붕대를 감은 오른 다리를 보여 주었다. 할머니는 다리를 흔들며 마치 훈장이라도 받은 듯 자랑스러워했다. 걱정된 나는 할머니 다리에 감긴 붕대를 조심스럽게 어루만졌다.

'이게 뭐지?'

붕대를 감은 내 팔에서 아릿한 감각이 느껴졌다. 한동안 일어나지 않던 통증이었다. 아프다기보다는 슬픔에 가까운 통증이었다. 타오르는 불 앞에서 흘리는 눈물 같았다.

"할머니, 시위를 안 하시면 안 돼요?"

"그건 옳은 일이야."

강한 확신이었다.

"그 사람들이……."

차에서 들었던 얘기를 조심스럽게 꺼냈다.

"돈을 더 뜯어내려는 거라는데……."

그때까지 따뜻하고 밝던 할머니 안색이 확 변했다.

"그게 무슨 소리냐? 누가 그래? 네 아빠가 그리 말했어? 어찌 사람이 그 모양이냐?"

할머니 목소리가 붉게 달아올랐다.

엄마와 다툴 때도 그러지 않던 할머니였기에 나는 움찔 놀랐다.

"저기 서랍을 열어 봐라."

할머니가 시킨 대로 했다. 서랍에는 전단지가 수북이 쌓여 있었다.

"한 장만 들고 오렴. 서랍은 잘 닫아 놓고."

서랍에서 전단지 한 장을 꺼냈다. 전단지 앞면에 20대 초반으로 보이는 젊은 남자 사진이 인쇄되어 있었다. 어디선가 본 듯한 얼굴이었다.

'누구지? 누굴 많이 닮았는데…….'

사진 아래에는 23살이란 나이와 함께 임준서라는 이름이 큰 글씨로 새겨져 있었다.

'임준서…, 임준서…, 설마 임혜서……?'

설마가 아니었다. 그 얼굴은 아무리 봐도 임혜서와 닮았다.

'둘이 남매인 거야?'

번개처럼 어떤 직감이 스쳐 갔다. 전단지를 든 손이 부르르 떨렸다.

어쩌면 범인은 임혜서일지 모른다. 임혜서 오빠인 임준서는 내가 공격당하기 두 달 전에 아빠 회사 하청업체에서 사고를 당해 죽었다. 우리 학교에서 내가 누구 딸인지 모르는 사람은 없다. 임혜서라면 충분히 나에게 악감정을 품을 만했다. 내가 임혜서라면 어떡하든 분풀이를 하고 싶을 것이다.

　　그다음 날, 나는 조심스럽게 임혜서에게 접근했다. 임혜서가 알아차리지 못하게 주의했다. 임혜서 가까이 접근하자 익숙한 냄새가 났다. 바로 포르말린 냄새였다. 임혜서 집은 가구공장 근처이니 포르말린 냄새가 나는 까닭은 설명이 된다. 임혜서는 쉬는 시간에도 공부하는데 어깨가 약간 구부정하다. 걸어갈 때도 살짝 굽은 느낌이 든다. 임혜서는 늘 책을 가까이 두고 읽는다. 가끔 잔기침도 한다. 점심시간에 졸음을 쫓으려고 에너지 음료도 마신다. 환각과 악몽을 통해서 본 모든 이미지는 임혜서와 정확하게 일치했다. 명확한 동기, 잔인한 수법, 여러 증거는 범인이 임혜서임을 확신하게 했다.

　　그러나 김고담은 나와 의견이 달랐다.

　　"혜서는 그럴 애가 아니야."

　　"모든 게 딱 맞아떨어져."

　　"나는 혜서를 잘 알아. 1학기 기말고사에서 전 과목 백점을 맞을 만큼 공부도 잘하고 성격도 착해. 애들하고 사이도 좋고. 그런 혜서가 너한테 그런 짓을 했을 리가 없어."

　　"내가 말했잖아. 임혜서 오빠가 아빠 회사 사내하청업체에서 일하다 죽었어, 그 때문에 사람들이 아빠 회사 앞에서 맨날 촛불시위도 해. 그런 상황이면 착한 임혜서라도 내게 원한이 생길 만하지 않아?"

"그렇다고 해도 혜서는 그럴 성격이 아니야."

김고담은 임혜서를 용의자로 지목하지 않으려고 안간힘을 썼다.

"프로파일러가 개인감정으로 범인일 가능성이 큰 사람을 용의자에서 제외해도 돼? 그래도 네가 프로파일러야?"

나는 김고담 약점을 깊이 찌르고 들어갔다.

"그래 봐야 내 믿음은 바뀌지 않아."

"사건이 벌어졌을 때 내가 기억하는 느낌과 완벽하게 일치하는데도?"

김고담에게 포르말린 냄새, 잔기침, 굽은 어깨, 불타는 책 등 내 감각으로 전해진 이미지를 자세히 설명해 주었다. 물론 환각이나 악몽이 아니라 사건 당시를 떠올린 기억이라고 했다.

"네가 뭐라고 해도 임혜서는 그런 잔인한 짓을 할 성격이 아니라니까. 절대로."

평소 김고담답지 않았다. 논리와 근거로 결론에 접근하는 김고담은 온데간데없었다. 아무래도 김고담이 임혜서에게 남다른 감정이 있는 듯했다.

"혹시, 너 임혜서 좋아하는 거야?"

나는 직감에 따라 질문을 던졌다.

"뭔 소리야?"

차분하게 대꾸하던 김고담이 격하게 반응했다. 그 반응은 내 추측이 옳다고 증명했다. 김고담이 임혜서를 좋아한다면 설득은 불가능하다.

알리바이 조사라도 부탁하려고 했는데, 임혜서를 좋아하는 김고담이 내 부탁을 들어줄 리 없었다.

"네가 그렇게 나온다면 어쩔 수 없지. 내가 알아서 할게. 그동안 내가 범인을 잡을 방법이 없어서 너한테 의지한 게 아니야. 너도 알다시피 내가 하려고 마음만 먹으면 뭐든 다 할 수 있어."

김고담이 몹시 곤혹스러워했다.

"이제부터 내가 알아서 할 테니까 넌 빠져."

나는 강하게 김고담을 밀쳐 냈다.

김고담은 내 못된 성질을 누구보다 잘 안다. 또한 이진석이나 이수정 같은 애들이 임혜서를 압박해 들어가면 임혜서가 얼마나 괴롭힘을 당할지 충분히 예측할 것이다.

"잠깐만… 기다려."

김고담 손가락이 책상 위를 빠르게 두드렸다. 엄지를 한 번, 두 번, 세 번 천천히 움직이더니 모든 동작이 멈췄다.

"좋아. 내가 조사할게. 그 대신……."

"그 대신 뭐?"

"내가 책임지고 조사할 테니까 너는 일절 끼어들지 마."

임혜서를 보호하려는 의도가 분명했다.

"그건 곤란해."

"왜?"

"좋아하는 상대를 철저히, 편견 없이 조사하기는 힘드니까."

"너 정말……."

"일단 너를 믿을게. 그렇지만 조금이라도 미진하다는 판단이 들면 내가 직접 움직일 거야."

"날 못 믿어?"

"널 믿어. 그렇지만 피해자는 나야."

나는 단호했고, 결국 김고담은 내 뜻을 꺾지 못했다.

보강이 잡히면서 방과 후에는 과외와 숙제로 한 뼘 여유도 없었다. 엄마는 오빠 입시 뒷바라지를 하느라 바빴고, 아빠는 회사 일로 정신이 없었고, 할머니는 병원에 입원해 계셨다. 학교생활은 늘 똑같았다. 더는 환각도 하얀 옷 소녀도 나타나지 않았다. 일상은 습격을 당하기 전으로 돌아간 듯했다. 예전에는 시시콜콜하게 조사 과정을 설명해 주던 김고담은 며칠 동안 그 흔한 농담조차 하지 않았다. 그 심정을 헤아렸기에 조사를 마칠 때까지 묵묵히 기다렸다.

"그날 혜서가… 네 뒤를 쫓아가는 걸 봤다는… 애가 나왔어."

김고담은 짧고, 침울하게 조사 결과를 말했다.

역시 김고담은 정직했다.

"내가 어떻게 하길 바라?"

김고담이 심하게 우울해하니 미안한 마음에 물었다.

"모르겠어."

김고담이 두 손으로 얼굴을 감싸 쥐었다.

"심하게는 안 할게."

내가 해 줄 약속은 그 정도가 최선이었다.

종례가 끝나자마자 임혜서를 만나러 2반으로 갔다. 교실로 들어가
려는데 임혜서가 급히 뛰어나갔다. 말을 걸어 볼 틈도 없었다. 워낙 다
급하게 뛰어서 조심스럽게 미행하지 않아도 되었다. 임혜서가 향한 곳
에는 박형준과 이은진, 그리고 최필립이 있었다. 박형준은 최필립 뒤
통수를 때리며 험악하게 굴었다. 임혜서는 최필립 팔을 잡더니 확 잡
아끌었다.

"뭐냐?"

박형준이 불량하게 임혜서를 압박했다.

"야, 이 양아치 새끼야!"

임혜서 입에서 험한 말이 튀어나왔다. 그러자 박형준이 어찌할 바를
모르고 주춤했다.

"공부 쫌 한다고 여기까지 와서 나대냐?"

이은진이 손가락으로 임혜서 어깨를 찔렀다.

임혜서가 이은진 손을 세게 쳐냈다.

"소희한테 깨진 주제에 아직도 잘난 척은……."

이은진이 입술을 깨물었다.

"얼굴 믿고 까불지 마. 널 고깝게 여기는 애들 많아. 그따위로 굴다
가 나중에 된통 당할 거야."

박형준과 이은진은 기세에서 완전히 밀렸다. 임혜서는 최필립을 데리고 그 자리를 빠져나가려고 했다.

"야, 최필립! 새아빠 생각 안 하냐?"

박형준이 건들거리며 협박했다.

최필립이 움찔하며 멈춰 섰다. 임혜서가 무섭게 뒤돌아섰다.

"그렇게만 해 봐."

임혜서 말에 서늘한 칼날이 번뜩였다.

"나는 이 길로 너희 아빠 회사를 부당노동행위로 노동부에 고발하고, 너는 학교폭력으로 신고해 버릴 거야. 네가 그동안 저질렀던 온갖 비행들도 모조리 폭로해 버릴 거야. 하고 싶으면 어디 한번 해 봐. 내가 미친 듯이 달려들어 싸워 줄 테니까."

임혜서에게서 붉은 광기가 흘렀다. 그 기세에 밀려 박형준은 입도 뻥긋 못 했다. 임혜서는 최필립 팔을 잡아끌었다.

"너희 아빠는 계약에 따라 노동을 제공하는 노동자지 노예가 아니야. 그러니까 너도 저딴 새끼한테 비굴하게 굴지 마."

최필립은 주춤거리다 임혜서를 따라갔다.

임혜서가 앞장서고 최필립이 뒤를 따랐다. 나는 일정한 거리를 두고 둘을 미행했다. 한참 허름한 거리를 걷던 둘은 지역아동센터 간판이 붙은 건물로 향했다. 건물 앞 공터에는 건장한 남자 선생님과 함께 어린아이들이 뛰어 놀았다. 남자 선생님은 임혜서와 친해 보였다. 최필립은 남자 선생님에게 어색하게 인사를 했고, 남자 선생님은 활짝 웃으며 최필립을 따뜻하게 대했다. 세 사람은 잠시 공터에서 대화를 나눴다. 남자 선생님이 호탕하게 내지르는 웃음이 내가 있는 곳까지 생생하게 들렸다. 아이들이 남자 선생님에게 달라붙었고, 남자 선생님은 애들을 번쩍 들어 올리더니 아이들이 노는 데로 합류했다. 최필립은 선생님과 아이들이 어울려 노는 모습을 부러운 듯 지켜보았다. 임혜서가 뭐라고 하자 최필립은 임혜서를 따라서 지역아동센터 현관으로 향했다. 때마침 지역아동센터 현관문이 안에서 밖으로 열리며 익숙한 얼굴이 나타났다. 바로 서안나와 송근우였다. 서안나와 송근우는 최필립을 반갑게 맞았다. 최필립은 머리를 긁적이면서도 얼굴빛이 환했다. 서로가 가깝게 지낸다는 증거였다. 임혜서는 현관문에 손을 댄 채 주변을 살폈다. 미행이나 감시하는 사람이 있는지 살피는 모양새였다. 나는 재빨리 몸을 숨겼다. 담벼락에 등을 기댄 채 혼란스러운 감정을 추슬렀다.

　이제껏 나는 범인이 한 명이라고 생각했다. 그래서 악몽과 환각에서 보이는 이미지와 부합하지 않으면 용의자에서 제외했다. 송근우에게서는 포르말린 냄새가 안 났고, 서안나는 어깨가 굽지 않았으며, 최필립은 책과 관계가 없어서 범인이 아니라고 여겼다. 임혜서를 의심하면서도 불 이미지와 부합하지 않아 고민했다. 그러나 넷이 작당해서 나를 공격했다면 그 모든 이미지가 완벽하게 들어맞는다. 넷이 작당해서 범행을 저질렀다면 퍼즐이 모조리 맞아떨어진다. 그날 내가 습격을 당했을 때 네 사람 모두 알리바이가 불분명했다. 임혜서는 몰래 내 뒤를 밟았다. 송근우와 최필립이 나를 쓰러뜨리고, 서안나가 불로 내 팔을 지졌다. 진실이 명확해지자 심장이 미친 듯이 뛰었다.

김고담에게 문자를 보냈다. 대충 설명하면 믿지 않을 게 분명하기에 내 판단 근거를 자세히 덧붙였다. 문자를 확인한 뒤에도 김고담에게서 답이 오지 않았다. 전화도 없었다. 김고담이 학원에 있거나 과외를 받을 시간은 아니었다. 무응답은 내 추론이 진실임을 김고담도 인정한다는 증거나 마찬가지였다.

그날 저녁 김고담을 만났다.

"이래도 아니라고 할래?"

"모르겠어."

"좋아하는 감정에 판단력이 흐려진 거야?"

"그럴지도 몰라. 그렇지만⋯⋯."

김고담은 멍하니 허공을 보다가 내게 눈을 돌렸다.

"오랫동안 혜서를 지켜봤어. 오래전부터 좋아했으니까. 혜서가 독한 면이 있긴 하지만 심성이 착해. 자기가 손해는 봐도 남한테 해코지는 절대 안 했어."

김고담은 임혜서에 대한 믿음이 확실했다.

"자기 오빠가 죽었잖아. 원망할 대상은 바로 옆에 있고. 그럼 복수하고 싶지 않겠어? 넌 어떨지 모르지만 난 그래."

"혜서는⋯⋯ 달라."

김고담은 미련을 버리지 못했다. 나는 더 이상 설득하려고 힘쓰지 않았다.

협업은 끝났고, 범인은 찾았다. 어찌해야 할까? 그냥 넘어갈까? 넷이 모의해서 범행을 저질렀다면 또 무슨 짓을 저지를지 불분명하다. 넷이 작당하면 알리바이를 완벽하게 짜서 더 잔인한 공격을 감행할 가능성도 있다. 고민 끝에 내가 알고 있다는 사실을 밝히는 게 좋다는 결론을 내렸다. 나를 향한 원망은 이해하고, 내 잘못도 있다고 하면서 지난 일은 용서해 줄 테니 앞으로 그런 못된 짓은 하지 말라고 경고하며 마무리하는 게 가장 좋은 방법이었다. 만약에 끝까지 발뺌하면, 그때는 달리 길이 없었다. 내가 알아낸 진실을 폭로할 수밖에 없었다. 아마 아빠가 알면, 차원이 다른 복수를 할 게 뻔하다. 아빠는 관대할 때는 한없이 관대하지만, 화가 나면 저래도 되나 싶을 만큼 무자비하다. 차갑고 냉정한 내 성격도 아빠를 많이 닮았다.

나는 그 정도까지 가기를 원치 않았다. 임혜서 일당에게 그 점을 주지시키면 아마도 쉽게 진실을 털어놓고 굴복하리라 믿었다. 어쨌든 나는 악몽에서 벗어나는 게 목표다. 악몽에서 벗어나려면 사과를 받고, 용서해야만 했다.

김고담에게 임혜서와 만나게 해 달라고 부탁했다. 김고담은 조금 떨어진 자리에 자기가 있겠다는 조건을 달고 내 요청을 받아들였다. 김고담이 지켜보는 것도 괜찮겠다 싶어서 그러라고 했다. 임혜서와 카페에서 만났다. 김고담은 약속대로 조금 떨어진 자리에 앉아서 나와 임

촛불소녀, 청년 전태일을 만나다

혜서를 지켜보았다.

나는 되도록 차분하게 말했다. 화가 나지 않았으며 진실만 확인하고 끝내겠다는 의도를 명확히 밝혔다. 습격을 당했을 때 이미지와 그동안 조사한 결과를 바탕으로 네 사람을 범인으로 확신한다고 밝혔다. 그리고 주범은 당연히 가장 강력한 동기가 있고, 머리가 좋은 '너'일 가능성이 크다고 말했다.

나는 임혜서가 발뺌하거나, 놀라서 당황하는 반응을 보일 줄 알았다. 그러나 내 예상과는 전혀 다르게 반응했다.

"복수? 너한테 복수를 했다고? 그래, 난 복수할 거야. 그렇지만 나는 그렇게 치졸한 방법으로는 안 해. 너 따위는 안중에도 없어. 나는 네 아빠한테 복수할 거야. 아니, 네 아빠와 같은 사람들에게 복수할 거야. 힘을 키워서……."

내용은 섬뜩하고 말투는 한겨울 한파만큼 차가웠다.

"오빠가 그렇게 억울하고 비참하게 죽었는데 내가 어떻게 아무렇지 않게 지내는 줄 알아? 오빠가 죽고 장례도 못 치르는 상황에서도 기말고사에서 어떻게 전 과목 백 점을 맞은 줄 알아? 그건 복수심 때문이야. 나는 복수심으로 살고 있어."

독기 때문에 숨이 막혔다.

"나는 장학금을 받고 대학교에 갈 거야. 대학교 이름만 대면 과외가 저절로 들어오고 과외비도 왕창 받을 수 있는 대학교에 갈 거야. 오빠는 학벌이 딸려서 과외도 못 했어. 가난한 형편에 비싼 등록금을 벌려면 공장만 한 데가 없다면서 휴학을 하고 공장에 다녔지만, 나는 절대 안 그럴 거야."

앞에 놓인 커피도 임혜서가 뿜어내는 냉기에 차갑게 식어 버렸다.

"사람들이 집회에 나오래. 나와서 오빠에 대해 얘기하래. 나는 절대 가지 않았어. 집회에 가면 공부를 못하니까. 어차피 내가 나가서 떠들어봤자 눈물 찔끔 흘리고 말 테니까. 나는 죽도록 공부해서 권력을 쥘 거야. 그 힘으로 처절하게 갚아 줄 거야. 그게 진정으로 오빠를 죽게 한 악마들에게 복수하는 거니까."

손에 땀이 났다. 오른팔이 바늘로 찌른 듯 따끔거렸다. 아무래도 임혜서에게 말려든 듯했다. 임혜서 기세가 워낙 거센 탓이었다. 나는 흔들리는 마음을 다잡았다. 무섭게 몰아붙이는 힘은 나도 임혜서 못지않다. 세게 되받아치려다 김고담을 생각해 차분하게 대응했다.

"너희 오빠가 그렇게 된 거는 안 됐어. 나도 안타깝게⋯⋯."

"그런 너저분한 연민은 집어치워. 나는 너 따위에게 불쌍한 사람으로 취급받고 싶지 않으니까."

차가운 칼날이 내 말허리를 자르고 폭풍처럼 몰아쳤다. 짜증이 치밀었다. 기고만장하게 구는 꼴을 더는 참기 어려웠다.

임혜서 때문에 아빠 회사가 어떻게 돌아가는지 나도 어느 정도 파악은 했다. 앞서도 말했지만, 아빠 회사는 우리 도시에서 가장 크다. 워낙 큰 회사다 보니 관련된 업체가 꽤 많다. 그중에는 같은 공장 내에 위치하면서 일감을 받아 일하는 사내하청업체도 몇 곳이 있다. 임준서는 사내하청업체에서 일하던 일용직 노동자로, 인력파견업체에서 일정한 소개비를 받고 사내하청업체에서 일했다. 사고가 난 뒤에 경찰과 노동부에서도 철저히 조사했고, 그에 따라 본사인 아빠 회사는 책임이 없다는 결과가 나왔다. 그런데도 일부 시민들과 임준서 가족은 아빠 회사에 사과와 배상뿐 아니라 아빠를 처벌하라는 요구까지 하며 날마다 회사 앞에서 시위를 벌이고 있다. 죽음이 안타깝긴 하지만 그것은 과도한 행위였다.

김고담을 배려해서 친절하게 대했더니 임혜서는 나를 아주 만만히 보았다. 나는 내게 맞지 않는 가식을 벗어던졌다.

"이게 정말 보자 보자 하니까…, 내가 부드럽게 얘기하니까 만만해 보여?"

역시 내게는 이런 말투가 어울렸다. 착한 척하는 연기는 내게 안 맞았다.

"나도 알아볼 만큼 다 알아봤어. 산업재해를 당해서 죽은 건 안타깝지만, 그렇다고 보상금 더 받으려고 착한 사람들을 끌어들여서 시위하는 건 치사하지 않아?"

"뭐? 보상금?"

혜서가 두 눈을 치켜떴다.

"정말 그렇게 믿어? 정말 우리 가족이 보상금 더 타 내려고 오빠 죽음을 판다고 생각해? 함부로 우리 오빠를 욕보이지 마. 왜 시위하는 줄 알아? 진상규명하고 사과하라는 거야. 일하다 죽지 않게 해 달라고 요구하는 거야. 멀쩡하게 출근한 사람이 가족 품에 돌아오지 못한 채 죽는 일이 없게 해 달라는 거야. 그런 사고가 나지 않도록 시설을 개선하고 관리 감독을 강화하라는 거야. 파견 나온 비정규직 노동자도 본사 정규직 노동자처럼 보호하라는 거야. 다른 회사가 절대 아니야. 그 회사는 사내하청업체고 평상시에 모든 관리는 너희 아빠 회사가 다 했어. 관리감독 권한은 실컷 행사하다가 사고가 나니 자기 책임이 아니래. 경찰이랑 노동부는 힘이 센 너희 아빠만 보호했어. 우리 가족은 보상 따위는 바라지도 않아. 제대로 알지도 못하면서……. 너희 아빠가 그러든?"

임혜서는 건드리지 말아야 할 선까지 건드렸다.

"우리 아빠를 모욕하지 마!"

"모욕? 우리 오빠는 죽었는데, 이 정도 말에 모욕이라고 화를 내?"

임혜서 주먹이 부르르 떨렸다.

"우리 오빠가 어떻게 죽었는지 알아? 지게차로 나르던 철판에 깔려 죽었어. 지게차가 싣고 가던 2톤이나 되는 철판이 충돌로 떨어졌고, 지시를 받고 다른 작업을 하기 위해서 그곳을 지나가던 오빠를 덮친 거야. 시신조차 온전하지 못할 만큼 처참하게 죽었어. 위험한 작업이었고 노동자들이 빈번하게 다니는 곳이었는데도, 그 자리에 신호수 한 명이 없었어. 그 큰 회사가 위험한 작업을 하는데 신호수 한 명을 두지 않았던 거야. 신호수 일당이 얼마인지 알아? 많이 줘 봐야 하루에 10만 원이야. 10만 원 때문에 오빠가 죽은 거야. 그 돈 아끼려다 우리 오빠를

촛불소녀, 청년 전태일을 만나다

죽인 거라고."

임혜서 눈에 핏발이 섰다.

"네 말이 맞아. 나도 널 어떻게 해 버리고 싶었어. 네가 누군지 잘 알고, 오빠가 죽은 게 너 때문인 것 같았으니까. 그렇지만 그건 제대로 된 복수가 아니라고 믿고 참았어. 오늘 널 만나니까 아주 잘 알겠어. 너나 너희 아빠나 똑같은 인간이라는 걸. 너도 어른이 돼서 돈 많고 권력을 쥔 자리에 가면 너희 아빠랑 똑같은 인간이 되리란 걸."

섬뜩함에 숨이 막혔다.

"이 반지가 뭔지 알아?"

왼손 약지에서 얇은 금반지가 반짝거렸다.

"오빠가 월급으로 내게 사 준 반지야. 그 돈이 오빠가 살아서 받은 마지막 월급이었어. 이 반지에 대고 맹세해. 나는 반드시 복수할 거야. 지켜봐. 내가 너 같은 인간들에게 어떻게 복수하는지. 나는 너 같은 인간들을 절대 용서하지 않을 거야."

임혜서는 그대로 일어나더니 자리를 박차고 나가 버렸다. 김고담이 재빨리 따라갔다.

차갑게
식어 버린 커피에서
포르말린 냄새가 난다.

07.
배고프다

각성제를 먹는다.

졸린 눈을 힘겹게 뜬다.

먼지에 숨이 막힌다.

옷감을 들자 독한 포르말린 냄새가 풀풀 풍긴다.

어깨를 펼 수 없는 좁은 공간을 힘겹게 걷는다.

무거운 짐을 내려놓자 속이 끓어오른다.

하얀 옷 소녀가 검은 피를 토한다.

검은 피가 바닥에 점점이 박힌다.

햇빛도, 바람도 없는 울적한 곳에 책이 날개를 펴고 날아온다.

책에서 빛이 난다.

촛불소녀, 청년 전태일을 만나다

책날개에서 바람이 인다.

빛과 바람이 희망이 되어 반짝인다.

희망을 잡으려 손을 내민다.

희망을 움켜쥔다.

기쁘다.

낯선 웃음이 피어난다.

하얀 소녀가 해맑다.

뜨겁다.

깜짝 놀란다.

책에 불이 붙는다.

내 팔까지 불이 옮겨 붙는다.

책을 집어 던지려 해도 떨어지지 않는다.

팔에 붙은 불을 끄려 해도 꺼지지 않는다.

마침내 불이 몸에도 옮겨 붙는다.

온몸이 불길에 휩싸인다.

울부짖는다.

내 말을 들어 달라고, 내 고통을 알아 달라고 외친다.

안 들린다.

절절히 외치는데 무슨 소리인지 모르겠다.

천장이 점점 내리누른다.

비명을 지른다.

피할 곳이 없다.

엄청난 쇳덩이가 나를 덮친다.

"으아아아악!"

꿈에서 깼는데도 두려움에 벌벌 떨었다.

"소희야! 아이고 왜 그러니?"

할머니가 나를 감쌌다.

"아이고, 이 땀 좀 봐."

할머니가 불편한 몸을 움직여 나를 꼭 껴안았다.

주말에 할머니 병실에 왔다가 깜빡 잠이 들었는데, 그 짧은 사이에 또다시 악몽을 꾼 것이다.

"전에도 그러더니, 무슨 악몽이라도 꿨니?"

여전히 두려움에 시달리던 나는 할머니 품에 안겨서 눈물을 뚝뚝 흘렸다. 한참을 울고 겨우 진정한 뒤에 악몽을 꾸었다고 솔직하게 말씀드렸다. 할머니는 나를 달래며 어떤 악몽을 꾸었는지 물었고, 다시 떠올리기 싫은 악몽을 할머니께 천천히 들려 드렸다.

"어쩌면… 이럴 수가…… 네가 어찌 그 꿈을 꾼단 말이냐?"

내 악몽을 들은 할머니는 몹시 놀라셨다.

"나를 평생 괴롭힌 악몽인데……."

촛불소녀, 청년 전태일을 만나다

할머니도 나와 똑같은 악몽을 꾸었다니, 믿기지 않았다. 할머니는 나를 옆에 앉히고는 어린 나에게 옛이야기를 들려주듯이 할머니가 열다섯 살 때 벌어진 어떤 사건을 들려주셨다. 나와 같은 열다섯 살이었지만 할머니가 겪은 사건은 나로서는 상상도 못 한 일이었다.

* * *

1968년, 할머니는 열세 살이었고, 청계천 평화시장에 자리한 봉제공장에 취업했다. 청계천 일대에는 많은 영세 봉제공장이 밀집해 있었고, 한창 개발에 몰두하던 당시 한국 경제를 이끄는 핵심 동력원 가운데 한 곳이었다. 수많은 영세 봉제공장에서 수만 명이나 되는 노동자들이 일했는데, 할머니 또래인 어린 시다(보조원)들이 꽤 많았다. 봉제공장에서 일하는 노동자는 80%가 여성이었고 상당수가 10대였다. 그 어린 소녀들이 대한민국 경제개발을 이끄는 동력이었다.

먹고살 길이 막막하던 상황에서 이루어진 봉제공장 취업은 할머니 가족에게는 축복이나 마찬가지였다. 취업을 하려고 대기하는 또래들이 줄지어 서 있는 상황에서 취업은 꿈만 같았다. 그러나 환상은 봉제공장에 발을 디딘 첫 순간에 깨졌다. 눈이 따끔거릴 만큼 뿌연 먼지, 끊임없이 돌아가는 재봉틀 소리에 먹먹한 귀, 두통을 일으키는 기묘한 냄새는 눈과 귀와 코로 느껴지는 감각을 압살해 버렸다. 보기만 해도 답답한 공간은 촉감을 사방에서 옥죄었다. 안 그래도 좁은 공간을 2층으로 나누어 만든 다락방 때문에 서서 걸을 때는 어깨를 펼 수가 없었다. 밖으로 통하는 창문도 환풍기도 없는 공간에서 어린 소녀들이 비좁은 공간임에도 무거운 옷감을 아무렇지 않게 빠른 속도로 끊임없이 날랐고, 짧은 순간에도 몇 번씩이나 다락으로 이어진 계단을 오르내렸다. 손이 보이지 않을 만큼 빠르게 실밥을 뜯는데 손끝에 피가 맺혀도 쉬지 않았다. 아무리 먹고살기 위해 취업을 했지만, 자신은 절대 적응할 수 없을 것 같았다.

그러나 먹고살기 위해서는 어쩔 수 없었다. 그 어린 소녀가 아침부터 한밤중까지 하루 14시간에서 16시간 동안 일해서 번 돈은 일곱 식구가 먹을 하루 반찬 값이었다. 당시 커피 한 잔 값이 50원이었는데 하루 일당은 70원에서 100원 정도였다. 자신이 일하지 않으면 가족들은 굶어야 했기에 그만두기는커녕 변변한 휴식조차 누릴 수 없었다. 쉬는 날은 고작해야 한 달에 이틀뿐이었다. 일하면서 점점 눈이 나빠지고 관절이 이상해졌으면, 위장이 쓰라렸다. 곳곳이 아팠지만 아무에게도 아프다는 하소연을 하지 못했다.

가장 견디기 힘든 고통은 먼지도, 소음도, 좁은 공간도, 배고픔도 아니었다. 가장 견디기 힘든 고통은 졸음이었다. 깜박 졸다가 바늘에 찔리고, 계단에서 내려오다가 떨어질 뻔한 적도 많았다. 하마터면 손가락이 통째로 잘릴 뻔한 적도 있었다. 할머니가 졸음을 못 견뎌 하자 같이 일하는 언니들이 이상하게 생긴 약을 줬다. 그 약을 먹고 나면 피곤한데 잠은 오지 않았다. 한 번 약효를 경험하고 나니 졸릴 때마다 그 약

촛불소녀, 청년 전태일을 만나다

을 찾았다. 그때는 그냥 힘을 북돋우는 약인 줄 알았는데 나중에 알고 보니 '타이밍'이라고 부르는 각성제였다.

그때 할머니에게는 순희라는 동갑내기 친구가 있었다. 함께 보조원 생활을 하며 친해졌고, 친자매보다 가깝게 지냈다. 아침부터 한밤중까지 함께 지내면서 서로 말도 제대로 섞지 못했지만, 잠깐 짬을 내어 나누는 몇 마디는 모든 피로를 잊게 해 주었다. 언니들도 둘이 전생에 부부였을 거라며 놀릴 정도였다. 순희네 집은 할머니네 집보다 더 가난했다. 순희가 가장이나 마찬가지였다. 그래도 힘든 내색 한 번 안 하고 꿋꿋하게 일했다. 빨리 기술을 배워 미싱사가 되겠다며 누구보다 열심히 배우고 일했다.

그러던 어느 날, 순희가 심하게 기침을 하더니 검은 피를 토해 냈다. 할머니는 깜짝 놀랐지만, 주위에서는 아무도 관심을 두지 않았다. 할머니가 걱정했지만, 순희는 아무렇지 않게 피를 닦아 내더니 핏자국이 남은 손으로 일을 계속했다. 쉬라고, 건강을 챙기라고 말했지만 그럴 수 없다는 건 할머니도 알았다.

"내가 여기서 그만두면 우리 식구는 다 굶어 죽어."

여덟 식구를 먹여 살릴 무게를 짊어지고 아프지 않은 척 일을 하던 순희는 어느 날 상상도 할 수 없이 많은 피를 토하더니 그대로 쓰러졌다. 그 뒤로 순희는 작업장에 다시 나타나지 않았다. 할머니는 영혼을 잃은 고통에 하염없이 울었지만, 언니들은 아무렇지 않게 일했고, 사장은 업무에 방해된다며 어린 소녀를 무섭게 야단쳤다. 몇 달이 지난 뒤, 함께 일하는 언니가 이웃집 강아지가 죽었다는 소식보다도 감정 없이 순희가 죽었다는 소식을 전했다. 하늘이 무너지고 땅이 꺼지는 충격이었지만, 눈물 한 방울 마음껏 흘릴 수 없었다. 순희가 죽은 나이 는 겨우 열네 살이었다. 하얀 옷을 즐겨 입던 순희는, 간절히 먹고 싶던 빵도 한 번 먹어 보지 못한 채 그렇게 덧없이 죽었다.

친구를 잃은 슬픔에도 노동은 멈추지 않았다. 순희에게 닥친 비극은 할머니 자신에게도 얼마든지 닥칠 수 있는 미래였다. 할머니는 나보다 한 살 어린 열네 살에 이미 인생을 체념했고, 기계라도 된 듯이 무미건 조하게 일했다. 야박하게 느껴지던 언니들이 왜 그렇게 무덤덤했는지 차츰 이해해 갔다. 그러다 한 사람을 만나며 할머니는 전혀 다른 인생 을 살게 되었다.

그런 재단사는 처음이었다. 시다인 자신에게 반말을 쓰지 않고, 친 절하게 대했다. 힘들어 보이면 쉬라고 하며 자신이 대신 일을 했다. 어 느 날 그 재단사는 배고파 손가락을 빠는 어린 시다들에게 풀빵을 사 서 나누어 주었다. 그 뒤로 날마다 풀빵을 사 주었고, 재단사 오빠가 사 주는 풀빵을 먹는 시간이 제일 행복한 시간이 되었다. 더구나 재단사 오빠가 자신들에게는 풀빵을 사 주는 대신, 2시간도 더 걸리는 집까지 걸어갔다는 사실도 알게 되면서 감동은 수백 배로 늘어났다. 그때부터 소녀는 남몰래 그 오빠를 좋아하고 존경했다. 그 오빠는 틈만 나면 근 로기준법이니, 생리휴가니 하는 알아듣기 힘든 말을 했다. 무슨 말인지 하나도 못 알아들었지만, 오빠가 하는 말이니 무조건 맞을 거라고 생각했다.

천사나 다름 없던 오빠는 예고도 없이 어느 날 갑자기 봉제공장을 그만두었다. 왜 그만두었는지 아무도 알려 주지 않았다. 오빠가 몹시 그리웠지만 내색하지는 않았다. 늘 사람이 옮겨 다니고 새로운 사람이 들어오는 곳이라 그러려니 하며 받아들였다.

열다섯 살이 된 뒤에도 할머니는 봉제공장에서 시다로 일을 했다. 기계처럼 시간은 흘렀고, 운명처럼 그날이 왔다. 1970년 11월 13일, 여느 날과 다름없었다. 점심을 막 먹고 난 나른한 오후였다. 졸음을 쫓으려고 '타이밍'을 먹을까 잠깐 고민했다. 사장이 돌아다니며 작업을 독촉했다. 나른해지던 분위기가 잡히며 다들 일손을 바쁘게 놀렸다. 어깨도 못 펴는 다락방에서 뿌연 먼지를 뒤집어쓰며 손은 또다시 기계가 되었다. 미싱이 시끄럽게 돌아가는 소음 사이로 간간히 잔기침이 들렸다. 바쁘게 옷감을 나르며 지시를 하나라도 어기지 않기 위해 신경을 곤두세웠다. 여전히 적응이 안 되는 포르말린 냄새에 머리가 아프지만 습관처럼 참아 냈다. 재단사가 마무리 작업을 한 옷감을 넘겨받아 미싱사 언니에게 가져다주려고 할 때였다. 갑자기 봉제공장 밖이 술렁였다. 이유를 헤아리기 힘든 불길함에 가슴이 빠르게 뛰었다. 손이 덜덜 떨렸다. 옷감을 놓칠 뻔했다.

문이 벌컥 열렸다. 평소에 알고 지내는 이웃 봉제공장 재단사였다. 새파랗게 질려 얼굴에 핏기가 하나도 없었다. 떨림과 당혹함이 뒤엉키며 듣고 싶지 않았던, 끔찍한 문장이 봉제공장을 뒤흔들었다.

"전태일이 분신을 했어."

들고 있던 옷감을 그대로 떨어뜨렸다. 앞이 깜깜해졌다. 귀가 먹먹해졌다. 같이 일하던 미싱사 언니들과 시다 친구들이 미친 듯이 밖으로 뛰어나갔다. 발이 저절로 그들을 따라갔다. 사장이 말렸지만 아무도 듣지 않았다. 수많은 사람에 섞여서 거리로 뛰쳐나왔다. 사람들이 워낙 많아서 다가갈 수가 없었다. 들리는 말들이 참혹했다. 전태일 오빠가 몸에 불을 붙인 채 "근로기준법을 준수하라!"고 외쳤다고 했다. 분신까지 하며 준수하라고 요구한 근로기준법이 무엇인지 몰랐지만, 오빠가 목숨을 바칠 만큼 중요하다는 걸 할머니는 그때야 알았다.

그날 하루, 오빠가 무사히 살아나길 간절히 빌고 또 빌었다. 오빠가 어느 병원으로 갔는지 알아내려고 했지만 아는 사람이 없었다. 밤 10시, 뭔가 불길한 예감에 심장이 미친 듯이 뛰었다. 그때 직감했다. 오빠가 숨을 거두었음을…….

다음 날 아침, 오빠가 죽었다는 소식을 들었다. 천사보다 착한 그 오빠가 스스로 몸에 불을 붙이고, 근로기준법을 준수하라고, 우리는 기계가 아니라고 외치며 죽었다. 오빠는 "배고프다……."는 말을 마지막에 남기고 숨을 거두었다고 한다. 차비로 쓸 돈으로 우리에게 풀빵을 사 주던 오빠도 늘 배가 고팠던 것이다. 마지막 순간에 배가 고팠다니, 안타깝고 서러워서 눈물이 마르지 않았다.

봉제공장 언니들과 슬픔을 나누는데 옆 공장 사장이 왔다. 우리 사장은 직원들 눈치를 보며 내버려두는데 옆 공장 사장은 끊임없이 잔소리를 해댔다.

"도대체 이것들이 아침부터 일은 안 하고 뭐 하는 짓이야? 깡패 놈이 폐병에 걸려 취직을 못 해서 자살했는데, 그게 뭐 대단한 일이라고."

믿을 수 없는 말이었다. 전태일 오빠가 왜 죽었는지 알 사람은 다 아는데 저따위 헛소리를 하는 사장을 용납할 수 없었다. 슬픔이 분노로 바뀌며 화산처럼 폭발했다.

"사장님이 태일이 오빠를 알아요? 태일이 오빠가 어떤 사람인지 눈곱만큼이라도 아냐고요?"

옆 회사 사장이 눈을 부라렸다.

"조그만 게 어디서……."

열다섯 소녀는 조금도 기죽지 않고 대들었다.

"태일이 오빠가 죽어 가면서 뭐라고 했는지는 아세요? 근로기준법을 준수하라고 했어요. 우리는 기계가 아니라고 외쳤다고요. 그랬는데 깡패가 폐병에 걸려서 자살했다니, 어떻게 그런 잔인한 말을, 그런 거짓말을 함부로 하실 수 있죠?"

"아니 이년이……."

옆 회사 사장은 오른손을 들어 뺨을 때리려고 했다. 그때 우리 사장이 말리지 않았다면 아마 그대로 뺨을 맞았을 것이다. 할머니는 그 순간, 차라리 뺨을 맞기를 바랐다고 하셨다. 오빠가 겪은 고통을 조금은 겪게 되길 바라면서…….

그날 이후 열다섯 소녀는 세상에 눈을 떴다. 순둥이처럼 순응하며 살던 어린 소녀는 세상이 얼마나 부조리한지 깨우쳤다. 할머니가 가장 먼저 한 일은 전태일 오빠가 그렇게 간절히 외치던 '근로기준법'이 무엇인지 공부하는 것이었다. 그 뒤로 할머니는 전태일 오빠가 먼저 간 길에서 조금도 벗어나지 않으려고 한평생을 노력하며 살았다.

* * *

이야기를 마친 할머니는 화상을 입은 내 팔을 조심스럽게 쓰다듬었다.

"나는 아직도 태일이 오빠가 사 준 풀빵을 잊지 못해. 살아오면서 그 풀빵보다 맛있는 음식은 먹어 본 적이 없어."

하얀 옷을 입은 소녀가 떠올랐다. 허기에 지쳐 애처롭게 먹을 것을 바라보는 그 간절함이 떠올랐다. 각혈처럼 흩어진 피도 떠올랐다. 내가 환각과 악몽에서 만난 이미지들에 담긴 의미도 확실히 깨달았다. 어쩌면, 어쩌면 하얀 옷 소녀는 먼저 떠나간 순희라는 친구분인지도 모르겠다는 생각도 들었다.

"나는 태일이 오빠 뜻에 어긋나는 삶은 살 수가 없어. 내가 네 엄마한테 구박받아 가면서까지 너희 아빠 회사 앞에 가서 시위하는 이유를 이제 이해하겠니?"

온전히 이해하기는 힘들었다. 그러나 할머니가 아빠를 미워해서 그런 것은 아님을 확실히 알았다. 할머니는 전태일 오빠가 했듯이, 억울하게 희생당한 노동자에게 도움을 주고 싶은 것이다.

"전 할머니가 다리에 화상을 입고 자랑스러워하셔서 이상했어요. 그런데 그게 전태일 오빠 때문이었나 보네요."

"그 고통을 내 몸으로 조금은 겪은 듯해서 뿌듯했어. 물론 가슴이 아팠지. 겨우 다리에 찔끔 화상을 입어도 이렇게 아픈데, 온몸이 불에 탄 오빠는 얼마나 아팠을까 하고."

도대체 사람이 얼마나 간절하면 자기 몸에 불을 붙일 수 있을까? 근로기준법을 준수하라는 요구가, 우리는 기계가 아니라는 외침이, 얼마나 절박하면 분신을 해 가면서까지 호소를 했을까? 나로서는 어설픈 답조차 감히 상상할 수가 없었다.

"퇴원하시면, 다시 그 촛불집회에 가실 거예요?"

"왜? 할미가 안 그러면 좋겠어?"

뭐라고 답을 해야 할지 갈피를 잡기 어려웠다. 할머니가 평생 살아온 삶을 생각하면 말린다고 해도 가실 것이다. 그렇지만 아빠와 엄마를 생각하면 안 가시면 좋겠다는 생각이 들었다.

"할미는 너희 아빠를 괴롭히려고 가는 게 아니야. 너희 아빠 회사를 망치려고 가는 건 더욱 아니고. 그냥 진실하게 사과하고, 사람 목숨보다 돈을 더 중요하게 여기는 삐뚤어진 생각을 바꾸게 하고 싶은 거야."

"그런 거면 아빠한테 직접 말씀하시면 되잖아요?"

"안 해 봤겠니? 수없이 많이 말했어. 솔직히 말하면 네 엄마가 결혼

한다고 데려온 사람이 공장을 운영한다고 하기에 처음에는 반대했어. 공장을 운영하는 사장이면 노동자를 돈벌이 수단으로 여길 가능성이 크다고 생각했기 때문이야. 네 엄마가 워낙 고집이 세고, 내가 노조활동이나 시위를 하러 다니느라 네 엄마한테 어릴 때 제대로 못 해 준 게 미안해서 결국 결혼을 받아들였지만……."

엄마가 결혼할 때 그런 사연이 있는 줄은 전혀 몰랐다.

할머니에게 임혜서와 얽힌 얘기를 해 줄까 하다가 그만두었다. 임혜서가 작당을 해서 나를 공격했는지는 아직도 불분명하다. 임혜서 자신은 그런 식으로 복수하지 않는다고 강하게 반박했지만, 그걸 곧이곧대로 믿을 수는 없었다. 자기와 함께 범행을 계획한 친구들을 보호하려는 의도로 그렇게 나왔을지도 모르기 때문이다. 아직 임혜서가 범인일 수도 있고 아닐수도 있는데 할머니에게 의견을 구하는 것은 적절하지 않다고 판단했다.

할머니는 퇴원하면 바로 촛불시위에 참가할 것이다. 말린다고 그만둘 분이 아니었다. 아빠나 엄마한테는 미안하지만, 처음으로 할머니 선택이 더 옳은지도 모르겠다는 생각이 들었다.

할머니가 점심 식사를 마친 후에 엄마가 왔다. 두 분이 편하게 대화를 나누시라고 일부러 자리를 피했다. 한 시간쯤 후에 엄마가 나를 불렀다. 나는 할머니께 안부 인사를 드리고 병원을 나왔다.

"엄마, 혹시 할머니가 아빠와 결혼하는 걸 반대했어?"

멍하니 창밖을 보며 걷다가 예고 없이 오는 문자처럼 툭 질문을 던졌다.

"할머니한테 들었니?"

"응, 아빠가 공장을 운영하는 사람이어서 싫어했다고 하셨어."

"너한테 그런 말을……. 엄마도 참."

"엄마가 고집을 부렸다던데."

"부렸지. 무지하게."

"엄마 어릴 때부터 할머니가 그렇게 집회나 시위에 많이 나갔어?"

"말도 마. 내 어릴 때 기억은 온통 그런 걸로 채워졌으니까. 지금 생각해 보면 끔찍했어."

"그래도 할머니는 옳은 일을 하려고 그러신 거잖아."

엄마가 흘깃 나를 보더니 다시 전방으로 시선을 돌렸다.

"할머니한테 전태일 열사 얘기를 들었니?"

"응. 할머니는 전태일 오빠라고 하셨어."

"휴……!"

긴 한숨이 말문을 막히게 했다. 한숨이 남긴 정적이 사라질 때까지 기다렸다가 다시 말을 꺼냈다.

"할머니는 그 오빠를 사랑하셨대."

"알아. 내가 아주 어릴 때 돌아가신 네 할아버지보다 훨씬 사랑했지. 어릴 때부터 귀에 박히게 들었어."

"엄마는 그런 할머니가 싫어?"

엄마는 바로 대답하지 않았다. 그 침묵은 엄마 심정이 얼마나 복잡한지 생생하게 느끼게 했다. 엄마가 곤란해 해서 더는 질문을 안 했다. 엄마는 집에 올 때까지 어두운 표정을 거두지 않았다.

일주일 뒤 할머니가 퇴원했다. 나와 엄마가 할머니와 동행했다. 할머니는 우리 집으로 가자는 엄마 제안을 마다하고 당신 집으로 먼저 가셨다.

"챙길 게 있어."

단지 그렇게만 말씀하셨다.

할머니 집은 아담했다. 어릴 때 보았던 그 집 그대로였다. 깔끔하게 정리된 집 한편에 오래된 재봉틀이 놓여 있었다.

"소희가 악몽을 자주 꾼다고 해서, 할미가 걱정인형을 만들어 주려고 하는데, 괜찮지?"

나는 잠깐 엄마 눈치를 살폈다. 엄마는 일주일 전에 지었던 표정을 다시 내보였다.

"좋아요. 할머니!"

나는 최대한 밝게 대답했다.

엄마는 이마에 머리를 짚은 채 소파에 앉아 있고, 나는 할머니 옆에서 할머니가 재봉틀로 걱정인형을 만드는 과정을 지켜보았다.

드르르륵…

　　　　　　　　　　　　　　　　　초불소녀, 청년 전태일을 만나다

다다다다다…

드르륵 드르륵…

똑똑똑…

딱딱딱…

할머니 손이 움직일 때마다 걱정인형 몸통이 태어나고, 표정이 빚어
졌다. 신통방통한 기술에 감탄하며 구경하다가 문득 엄마를 봤다.

엄마는 소파에 앉아 팔로 이마를 기댄 채 잠들어 있었다. 조금 전까
지 딱딱하기만 하던 얼굴빛이 아니었다. 그 어느 때보다 편안했다. 엄
마는 요즘에 심한 불면증에 시달렸다. 밤에 악몽으로 잠에서 깨었을
때 잠들지 못한 엄마를 본 게 한두 번이 아니었다. 아침이면 얼굴이 푸
석푸석해서 제대로 잠을 못 잔 티가 그대로 났다. 그런 엄마가 저렇게
편하게 자다니, 뜻밖이었다.

사각사각…

드르륵 드르륵…

도도독 똑똑…

사르륵 사르륵…

다다다다다…

드르륵 드르륵…

늦은 밤이다.

똘망똘망한 여자아이가 젊은 엄마 뒤에 앉아 베개를 껴안고 앉아 있다.

젊은 엄마는 가위질을 하다 말고 뒤를 돌아본다.

"우리 연주 안 잘 거야?"

"잠이 안 와."

"우리 딸, 어떻게 해야 잠이 들까?"

"얘기해 줘. 옛날이야기."

젊은 엄마는 자리에서 일어나 어린 딸에게로 온다.

"얘기를 들으려면 누워야지."

연주는 방긋 웃으며 베개를 베고 눕는다.

"옛날 옛날에 호랑이 담배 피던 시절에……."

"히히, 엄마는 맨날 호랑이가 담배 핀대."

"그런 때가 있었어."

젊은 엄마는 딸 머리카락을 매만지며 오래된 옛이야기를 풀어놓는다.

연주는 눈을 동그랗게 뜨고 옛이야기에 귀를 기울인다.

옛이야기가 다 끝났지만, 연주는 잠이 들지 않는다.

"우리 연주, 잠을 안 자네."

"하나만 더 해 줘."

"이 얘기가 마지막이야."

"응. 그럼 연주 꼭 잘게."

"옛날 옛날에 호랑이 담배 피던 시절에……."

촛불소녀, 청년 전태일을 만나다

"호랑이가 또 담배를 피우네."

"그런 때가 있었어. 아랫동네에 사는 아리따운⋯⋯."

젊은 엄마는 딸 머리를 쓰다듬으며 정겨운 이야기보따리를 풀어놓는다.

꽤나 긴 이야기가 끝났음에도 연주는 잠들지 않는다.

"우리 연주 아직도 안 자네."

"응. 잠이 안 와."

"어떡하지? 엄마는 일을 마저 해야 하는데?"

"연주 괜찮아."

젊은 엄마는 연주 이마에 뽀뽀를 하더니 다시 의자에 앉는다.

사각사각⋯

드르륵 드르륵⋯

다다다다⋯

젊은 엄마가 미싱을 돌린다.

손끝에서 옷감이 움직인다.

젊은 엄마가 낮게 노래를 흥얼거린다.

♬ 미싱은 언제나 멈출 줄 몰라

♪ 드르륵 드르륵

♬ 바늘은 바쁘고 일감은 끝없어

　　♪ 도로록 도로록

♬ 미싱과 함께 밤은 깊어 가

　　♪ 스르륵 스르륵

♬ 우리를 살리는 고마운 미싱 소리

　　♪ 드르륵 드르륵

♬ 딸아 내 딸아 이젠 그만 자렴

　　♪ 사사삭 사사삭

♩ 나나나 흠~ 미싱 소리~ 나나나 흠~

잔잔하게 흐르는 노랫소리에 연주 눈꺼풀이 점점 내려앉는다.

젊은 엄마가 잔잔하게 웃더니 살포시 일어난다.

젊은 엄마는 이불을 살짝 여미고는 어린 딸에게 다시 뽀뽀를 한다.

의자에 앉은 젊은 엄마 손이 바쁘게 움직인다.

미싱 소리에 맞춰 옷감이 멋진 옷으로 변신한다.

♬ 미싱은 언제나 멈출 줄 몰라

　　♪ 드르륵 드르륵

♬ 바늘은 바쁘고 일감은 끝없어

　　♪ 도로록 도로록

촛불소녀, 청년 전태일을 만나다

할머니가 흥얼흥얼 조용히 노래를 불렀다. 환각에서 들었던 바로 그 노래였다. 젊은 엄마는 할머니였고, 어린 딸 연주는 바로 엄마였다.

젊은 엄마 얼굴빛을 한 할머니가 소파에 기대어 잠든 딸을 바라보았다. 할머니가 빙긋이 웃더니 걱정인형을 하나 들고는 딸에게 갔다. 귀엽게 웃는 걱정인형이 살포시 딸 품으로 파고들었다. 할머니는 조심스럽게 다시 재봉틀에 앉았다.

"하나는 엄마에게 줬으니 하나 더 만들어야겠다."

할머니는 다시 노래를 흥얼거리며 미싱을 돌렸다.

♬ 미싱과 함께 밤은 깊어 가

♪ 스르륵 스르륵

♬ 우리를 살리는 고마운 미싱 소리

♪ 드르륵 드르륵

걱정인형이 하나 더 태어나서 모두 다섯이 되었다. 할머니는 걱정인형 보관함까지 예쁘게 만드셨다. 나는 할머니가 주신 선물을 곱게 받았다.

할머니는 엄마 옆으로 가 앉더니 조용히 노래를 흥얼거렸다. 할머니 옆에 나란히 앉아서 나도 그 노래를 낮게 따라 불렀다.

한낮에 잠들었던 엄마는 해가 뉘엿뉘엿 질 때가 되어서야 깨어났다. 잠에서 깬 엄마는 그 어느 때보다 평온해 보였다.

08.
도울 수만 있다면

중간고사는 모든 감정과 생각을 중단시켰다. 뒤죽박죽 엉킨 생각도, 복잡하고 미묘한 감정도 더는 붙잡지 못하게 했다. 임혜서를 향한 조사와 관찰도 당연히 멈췄다. 모든 정신력과 체력을 시험공부에만 쏟아부어야 했다. 진실을 향해 흐르던 물이 벽에 막힌 듯 아쉽고 답답했지만 다른 한편으로는 좋은 면도 있었다. 흙탕물에 낀 불순물이 가라앉고 맑은 물이 선명하게 보이는 것과 비슷한 효과였다.

힘들게 중간고사를 마치고 모처럼 친구들과 신나게 놀 계획을 세우는데 이진석이 씩씩거리며 나를 찾아왔다. 잔뜩 구겨진 인상 탓에 활기차게 오가던 수다마저 멈췄다.

"그 썩은 표정은 뭐냐?"

촛불소녀, 청년 전태일을 만나다

"잠깐 나 좀 봐."

이진석이 내 팔을 잡았다.

"방해하지 마. 우리끼리 지금 중요한 계획을 세우는 중이니까."

나는 곧바로 팔을 빼내고 계획서에 다시 연필을 댔다. 친구들도 잠시 멈췄던 상상력을 마음껏 발휘하며 주말을 즐길 설렘에 빠져들었다. 그런데 뒤로 물러선 이진석이 계속 입으로 욕을 해댔다. 그 욕이 거슬려서 친구들과 나누는 행복한 대화에 몰두하기 힘들었다.

"야, 이진석! 지금 나한테 욕하는 거야?"

이진석은 두 손을 들어 빠르게 휘저었다.

"아… 아니야. 아니야!"

"그럼 뭔데? 욕을 하고 싶으면 딴 데 가서 해. 방해하지 말고."

"그…그게 아니라…….."

이진석은 어찌할 바를 몰랐다.

이진석이 그렇게 당황하는 모습은 처음이었다. 자기 힘으로는 어쩌지 못하는 곤란한 처지에 빠진 듯했다. 노는 계획에 집중하고 싶었지만, 이진석을 외면할 수는 없었다. 솔직히 말해서 안 보이면 허전할 만큼 정이 들기도 했다. 사귈 뜻은 없지만, 한결같이 나를 위하는 그 순정은 괜찮았다. 이진석이 저렇게 다급하고 당황했다면 그럴 만한 사정이 생겼다는 뜻이다. 내가 이진석을 찾았을 때 흔쾌히 움직여 주었듯이, 이진석이 나를 찾을 때 나도 응해야 할 의무가 있었다.

"잠깐만 기다려."

나는 친구들에게 양해를 구하고 이진석을 따라갔다.

이진석은 아무 이목이 없는 곳으로 가더니 전혀 예상치 못한 말을 꺼냈다.

"우리 형이 횡령으로 고발당해서 오늘 경찰서에서 조사를 받고 왔어."

이진석에게는 고3인 형이 있다. 고3이지만 학교 공부는 전혀 안 한다. 그래도 이진석은 형을 몹시 자랑스러워했다. 내가 보기에도 꽤 괜찮은 오빠였다. 자기 길을 준비하며 성실하게 노력하고, 아르바이트를 하며 스스로 생활을 꾸려 나갈 만큼 성실하다. 그 오빠는 학원가가 밀집한 곳에 있는 편의점에서 한밤중에 아르바이트를 한다. 나야 과외만 하기에 그 편의점에 들를 일이 없지만, 다른 애들이 전하는 바에 따르면 제법 잘생겼다고 한다. 그 오빠도 중학생 때까지는 이진석과 다를 바 없었는데 고등학생이 되면서 확 바뀌었다. 이진석은 자기도 고등학생이 되면 날라리 짓은 그만두고 형처럼 자기 꿈을 위해 노력하겠다는 다짐을 여러 번 내비쳤다. 그게 나에게 잘 보이려고 하는 말인지, 아니면 형을 좋아하는 마음에서 하는 말인지는 모르지만 그런 말을 할 때면 제법 의젓해 보이기는 했다.

"그게 무슨 말이야? 횡령은 뭐고, 경찰서는 또 뭔데?"

횡령과 경찰서는 그 오빠와는 전혀 어울리지 않는 낱말이었다.

"너희 아빠는 경찰서장도 잘 알잖아? 그러니까 좀 도와줘."

이진석은 상황 설명도 제대로 안 하고 다짜고짜 도와 달라고 했다.

우리 아빠가 경찰서장과 친하기는 하지만 내가 부탁할 만한 일인지 아닌지는 판단이 필요했다. 아빠에게 부탁하려면 나에게도 그만한 명분이 있어야 하고, 아빠가 들어줄 만한 사연이어야 했다.

"그렇게 앞뒤 자르고 도와 달라고 하면 내가 알아듣겠어?"

차분하게 상황을 설명하면 좋으련만 이진석은 격한 감정으로 도와 달라는 말만 거듭했다.

"진정 좀 해!"

내가 소리를 지르자 그제야 조금 흥분을 가라앉혔다.

"무슨 사연인지 정확히 좀 말해. 짜증 나게 하지 말고."

이진석이 설명을 하는데 중간에 욕을 자주 섞고, 인과관계가 뒤죽박죽이어서 몇 번이나 끊고, 질문을 해야 했다. 무슨 일이 벌어졌는지 사태를 정확히 파악하는 데 꽤 오랜 시간이 걸렸다. 이진석 형이 당한 일을 요약하면 대략 다음과 같다.

* * *

형은 학교에서는 거의 잠만 자고, 방과 후에는 꿈을 위해 학원에 가서 자격증 공부를 한다. 공부를 마치면 저녁 10시부터 새벽 6시까지 편의점에서 아르바이트를 한다. 가정 형편이 어려워 스스로 돈을 벌어야 하기 때문이다. 저녁 10시면 학원에서 수업을 끝낸 학생들이 쏟아져 나올 때라 몹시 바쁘다. 학원가 옆에는 유흥업소도 제법 많아서 새벽에도 손님이 꽤 많다. 그래서 야간 근무지만 한가할 틈이 별로 없다. 형은 근무시간에 한 번도 늦거나 빠지지 않고 성실하게 일했기에 편의점 주인이 아주 좋아했다. 배가 고프면 유통기한이 지난 삼각김밥이나 도시락을 먹어도 된다고 허락까지 해 줬다. 유통기한이 지나 어차피 팔지 못하고 폐기해야 하는데 상하지는 않았기에 먹으라고 한 것이다. 형은 그 점이 고마워서 더욱 열심히 일했다. 손님이 없을 때는 하라고 시키지도 않은 청소도 열심히 하고, 진열대 정리뿐 아니라 창고도 깨끗하게 정리했다. 워낙 성실한 형이기에 편의점 주인이 더 아끼고 좋아했던 것이다.

수습 기간 3개월이 지나자 임금도 올랐다. 그동안은 수습 기간이라고 최저임금에서 10%가 깎인 금액을 받았는데, 드디어 최저임금을 제대로 받게 된 것이다. 임금이 오르자 형은 더욱 열심히 일했다. 그렇게 두 달이 지났을 때 형은 자신이 법에서 정한 임금을 제대로 못 받았다는 사실을 알게 되었다. 법에는 근로계약 기간이 1년 이상인 조건에서 수습 기간 3개월까지만 최저임금에서 10%를 깎은 금액을 줘도 된다고 명시하고 있었던 것이다. 형은 졸업할 때까지만 일하겠다고 밝혔으므로 계약기간이 1년이 넘지 않았다. 따라서 수습 기간이라고 최저임금보다 낮은 금액을 주면 안 되었다. 더구나 하루에 여덟 시간, 일주일에 48시간이나 근무를 했기에 주휴수당을 받아야 하는데, 편의점 주인은 주휴수당도 지급하지 않았다.

법에 명시된 규정이기에 형은 당연하게 편의점 주인에게 3개월 동안 깎인 금액을 달라고 했다. 물론 주휴수당도 달라고 요청했다. 형은 처음에는 편의점 주인이 법을 잘 몰라서 실수했다고 생각했다. 그래서 가볍게 말을 꺼냈던 것이다. 법을 어기면 편의점 주인도 처벌을 받으니 편의점 주인을 위해서도 자신이 좋은 정보를 알려 주었다고 믿었다. 그러나 편의점 주인이 보인 반응은 형이 기대한 반응과는 완전히 달랐다.

"그동안 잘 대해 줬더니 이렇게 배신을 해?"

"네? 배신이요? 제가요?"

형은 배신이란 말에 몹시 당황했다.

"너를 내 아들처럼 대했는데……."

형은 어처구니가 없었다. 법에 명시된 대로 임금을 달라고 했을 뿐인데 아들처럼 대했다느니, 배신했다느니 하는 반응이 이해가 안 됐다.

"사장님, 무슨 오해를 하신 것 같은데, 저는 그냥 법대로 임금을 달라고……."

"뭐? 법? 그래 좋아! 법을 아주 좋아하나 본데, 그래 법대로 해 주지."

편의점 주인이 워낙 무섭게 나와서 그날은 그렇게 대화를 마무리해야만 했다.

그날도 새벽 6시까지 성실하게 일하고, 집에서 잠깐 쉰 다음 학교에 갔다. 물론 학교에서는 수업을 전혀 듣지 않고 잠만 잤다. 그러지 않으면 자격증 학원에서 하는 공부를 따라가지 못하기 때문이다. 학교를 마치고 학원에 가는 버스를 타려고 가는데 낯선 사람에게서 전화가 왔다. 경찰서라는 말에 처음에는 보이스피싱인 줄 알고 장난으로 웃어 넘기며 끊으려고 했는데, 진짜 경찰서였다.

"횡령죄로 고발되었습니다. 경찰서로 나와서 조사를 받으셔야겠습니다."

횡령, 고발, 조사라는 말에 형은 겁을 집어먹었다. 두려움에 떨면서 무슨 일인지 알려 달라고 했다.

"이진규 씨, ○○편의점에서 일하시죠?"

"네. 거기서 아르바이트 하는 거 맞습니다."

"거기 점주님께서 이진규 씨를 횡령죄로 고발하셨어요."

"제가 무슨 횡령을 해요?"

"고발인이 CCTV 자료도 다 제출했습니다."

자신이 횡령을 했다는 CCTV 증거까지 제출했다니 믿기지 않았다. 자신은 편의점에서 돈 한 푼도, 물건 하나도 훔친 적이 없었다. 그 증거가 무엇인지 물었지만, 경찰은 조사할 때 알려 주겠다고만 했다.

그다음 날 오전, 조퇴하고 경찰서에 갔다. 학원 시간을 뺄 수는 없었기 때문이다. 경찰서에 가서 형은 자신이 삼각김밥과 도시락을 먹는 영상을 봤다.

"이건 사장님이 허락하셔서 먹은 겁니다. 유통기한이 지나서 어차피 폐기해야 하지만 상하지는 않았으니 먹으라고 하셨다고요."

"고발인은 그렇게 말씀 안 하셨습니다. 혹시 사장님이 허락했다는 증거 있어요?"

"증거가 어딨어요? 그냥 그렇게 말씀하셨으니까 제가 먹었죠? 편의점 곳곳에 CCTV가 있는 걸 아는데 제가 허락도 안 받고 먹었겠어요?"

"사장님은 학생을 믿고 CCTV를 확인하지 않다가 최근에 발견하고 배신감을 느껴서 신고했다고 하던데요?"

억울했지만, 계속 부인했지만, 형은 자기주장을 입증할 증거를 제시할 수 없었다.

"정 그러면 제가 변상하겠습니다."

형은 울며 겨자 먹기로 변상하겠다고 말했다. 억울했지만 무사히 넘어갈 방법은 그 방법뿐이라고 여겼다.

"미안하지만 민사 사건이 아니라 형사 사건으로 고발을 당했기에 배상한다고 끝나지 않아요."

형사 사건으로 처리되면 형은 전과자가 될 수도 있다. 그러면 형이 꿈꾸는 미래는 물거품이 될지도 모른다. 형은 공포에 떨며 어찌할 바를 몰랐고, 고등학생인 걸 안 경찰은 며칠 여유를 줄 테니 허락을 받았다는 주장을 입증할 증거를 가져오라며 조사를 마쳤다.

* * *

이야기를 마무리할 때도 이진석은 욕을 한 바가지나 덧붙였다. 이진석 말대로 미치고 팔짝 뛸 사건이었다. 편의점 주인은 임금을 법대로 달라고 한 요구에 대한 복수로 고발을 한 것이다. 버리는 삼각김밥이나 도시락을 먹으라고 선심 쓰는 척한 까닭도 배려가 아니라 미리 약점을 잡기 위해서였을 것이다. CCTV 영상도 오래전부터 차근차근 확보해두었을 게 분명했다. 사악한 인간이었다.

"너희 아빠가 경찰서장과도 친하고 검찰 고위직도 많이 안다면서……. 그러니까 너희 아빠한테 잘 말해서 우리 형 좀 도와줘."

차마 거절할 수는 없는 부탁이었다.

"알았어. 그렇지만 꼭 될 거라는 장담은 못 해."

나는 미리 빠져나갈 구멍을 만들었다.

"형 인생이 걸린 일이야. 그러니까 제발 꼭 해 줘."

"노력해 볼게."

이진석이 거듭 고맙다고 하니 의무감이 생겨 조금 부담스러웠지만, 아빠에게 부탁하는 게 그리 어려운 일도 아니었기에 걱정하지 말라고 안심시켰다.

저녁 식사를 하며 엄마한테 이진석 형이 처한 상황을 설명하고, 이진석이 도와 달라고 했다는 말도 전했다. 엄마는 이야기를 다 들은 뒤에 곰곰히 고민하더니 반갑지 않은 말을 했다.

"아빠가 도와주지 않을 거야."

"왜? 아빠 내 부탁이면 잘 들어주시잖아."

"그건 그렇지만……, 이 사건은 노동자 얘기잖아. 요즘 아빠는 그런 일에 민감해."

촛불소녀, 청년 전태일을 만나다

예상치 못한 이유였다.

"부당한 일을 당했잖아? 그건 아빠 회사에서 일어난 일이랑은 달라."

"아무튼 아빠한테 부탁하지 않는 게 좋을 거야."

엄마가 그리 말했지만 나는 아빠에게 부탁하겠다는 결심을 바꾸지 않았다. 정의 실현에는 별 관심이 없었다. 그저 내게 힘이 되어 준 이진석을 돕고 싶었다. 그러나 나는 내 결심을 실행에 옮길 수 없었다.

늦은 밤에 퇴근한 아빠는 들어오자마자 와인을 찾더니 한참 동안 노동자, 시위꾼 따위를 언급하며 분통을 터트렸다. 회사 앞에서 계속 열리는 촛불집회로 인해 화가 많이 쌓인 게 분명했다. 엄마 말이 맞았다. 이런 상황에서 부탁하면 들어줄 리 없었다. 어쩌면 짜증이 내게 쏟아질지도 모른다. 나는 아빠와 좋은 관계를 맺어 왔고, 아빠는 내 부탁이면 웬만하면 다 들어주었다. 내 일도 아니고 이진석을 도우려다가 아빠와 서먹한 관계가 되기는 싫었다. 언제든 아빠에게 절실한 부탁을 해야 할 상황이 올 때를 대비해서라도 불필요한 갈등을 만들 이유는 없었다.

그렇다고 이대로 이진석에게 안 된다고 말할 수는 없었다. 다른 방법을 찾아야 했다. 결국 내 고민 상대는 김고담이었다.

"거참, 갑갑하네."

"방법이 없을까?"

"그러게……."

한참을 고민하던 김고담이 손가락으로 책상을 토도독 쳤다.

"방법이 있어?"

"있긴 한데……."

"뭐야? 말해 봐."

"네가 받아들이기 쉽지 않은 방법이라……."

"뭐든 괜찮으니까 말해. 이진석을 도와야 한다니까."

김고담은 두 손을 꽉 잡고 비비더니 마침내 자신이 생각한 방법을 말했다.

"혜서에게 도움을 청해 보는 건 어때?"

나로서는 선뜻 받아들이기 힘든 제안이었다. 그러다 임혜서가 박형준을 몰아붙이면서 했던 말이 떠올랐다. 너희 아빠 회사를 부당노동행위로 노동부에 신고하겠다는 말, 그것은 중학교 2학년 학생이 쉽게 할 수 있는 말이 아니었다. 웬만큼 그 분야를 꿰고 있지 않으면 할 수 없는 말이었다. 까닭은 굳이 따져 보지 않아도 명확했다. 임혜서가 노동 문제를 잘 아는 이는 없다. 노동 문제라면 할머니도 꽤 도움이 되겠지만 이 일에 할머니를 끌어들이고 싶지는 않았다. 괜히 일이 꼬이면 안 그래도 할머니와 아빠 사이가 안 좋은데 더 나빠질 수도 있기 때문이다.

"너도 알다시피, 그런 일은 혜서가 우리 중에서는 가장 전문가야."

임혜서가 노동 문제를 잘 안다는 데는 동의하지만 받아들이기 힘든 제안이었다. 곤혹스러워 하는 나를 김고담이 거듭 설득했다.

"부탁하면 혜서가 거절하진 않을 거야."

"내가 뭐 때문에 망설이는지 알잖아."

"잘 알지. 그러니까 해 보라는 거야. 혜서와 화해할 좋은 기회이기도 하고."

임혜서가 나를 향해 쏟아 낸 섬뜩한 말들이 아직도 생생했다. 그날 대화를 나눈 뒤에도 임혜서가 모든 계획을 세우고 추진했을 거라는 의심이 아직 사라지지도 않았는데, 그런 임혜서에게 도움을 요청하고 싶지는 않았다.

"혜서는 화해할 대상이 아니라 용의자야."

"아직도 의심을 풀지 않은 거야? 혜서가 그랬잖아. 자기는 그런 식으로 복수하지 않는다고."

"자기를 향한 의심을 덮기 위한 가림막일지도 모르지."

"내가 이렇게 말하면 네가 어떻게 생각할지 모르지만, 혜서는 정직해. 그런 꼼수를 쓸 성격이 아니야."

"너야 혜서를 좋아하니까 뭐든 좋게 보이겠지."

"네가 그리 말하면 나로서는 더 해 줄 말이 없어."

김고담이 머리를 긁적이더니 의자 깊숙이 몸을 파묻었다.

김고담과 나 사이에 깊은 침묵이 흘렀다. 김고담은 김고담대로, 나는 나대로 고민에 빠졌다.

할머니가 들려준 전태일 오빠 이야기는 내 의식을 뿌리부터 흔들었다. 끔찍하면서 뭉클했고, 울림이 깊었다. 임혜서 오빠가 겪은 비극도 충격이었다. 성실하게 일해서 등록금을 벌기 위해 일하던 임혜서 오빠가 거대한 철판에 깔려 죽는 장면은 살짝 떠올리기만 해도 몸서리쳐졌다. 건강한 웃음으로 출근한 오빠가 퇴근하지 않고 사늘한 시체가 되어 돌아온다면 그보다 지독한 비극은 없다. 내가 그런 일을 겪었다면 나라도 분노할 대상을 찾게 될 것이다. 오빠를 그렇게 죽게 만든 부조리한 현실을 원망할 것이다.

여전히 나는 아빠에게는 책임이 없다고 생각하지만, 솔직히 100% 확신하지는 못하겠다. 내가 아는 아빠는 가족에게 더없이 다정하고 성실하게 일하는 분이지만, 아빠가 실제로 회사를 어떻게 운영하는지 나는 모른다. 임혜서가 믿는 것처럼 아빠가 잘못을 저질렀고, 그 죽음에 책임이 있다면 나는 어떻게 해야 할까? 임혜서에게 무릎 꿇고 사죄라도 해야 할까? 집에서는 아빠를 어떻게 대해야 할까? 모든 게 혼란스러웠다.

그나저나 이진석은 또 어떻게 도와야 할까? 간절한 마음으로 내게 손을 내밀었는데, 아무런 도움도 주지 못한다는 걸 알면 이진석이 얼마나 실망할까? 이런 혼란을 안은 채 임혜서에게 도움을 청해야 할까?

얼마 전에 붕대를 푼 팔이 다시 시큰거렸다. 보기 싫은 흉터는 남았지만, 치료가 끝났는데도 통증이 느껴지니 괜히 불안했다. 실제로는 아프지 않은데 불안감이 만들어 낸 착각인지도 모르겠다.

"도움을 요청해."

김고담이 먼저 침묵을 깼다.

"간단하게 생각해. 그 형이 억울한 처벌을 받게 내버려둘 수는 없잖아."

그건 맞는 말이었다. 지금은 간단하게 생각할 때였다. 이진석을 도울 수만 있다면 어떤 선택이든 해야만 했다. 도움을 줄 방법을 아는 이가 임혜서뿐이라면 손을 내밀 수밖에 없었다. 복잡한 사연과 고민은 일단 뒤로 밀어 두고 이진석을 도울 길을 찾는 데 집중하기로 했다.

"좋아. 그렇게 할게."

내 답을 들은 김고담 얼굴이 환하게 펴졌다.

"오해하지는 마. 난 임혜서에 대한 의심을 거두지 않았어."

"그건 나도 잘 알아. 그저 네 용감한 선택이 반가워서……."

김고담은 곧바로 임혜서에게 전화를 걸었다.

"지금 지역아동센터로 오라는데, 괜찮겠어?"

임혜서와 통화를 하다 말고 김고담이 내게 물었다.

지역아동센터로 가면 서안나, 송근우, 최필립과 마주칠 가능성이 컸다. 껄끄러운 만남이었다. 그렇지만 피하고 싶지는 않았다. 어쩌면 내가 당당히 그곳에 밀고 들어가면 그들이 감추고자 하는 비밀을 알아낼 기회가 생길지도 모른다. 나는 손가락으로 동그라미를 그려 보였다.

전화를 끊고 곧바로 출발했다. 집을 나서는데 복잡한 고민이 다시 꿈틀거렸다. 재빨리 방망이를 휘둘러 구석으로 치워 버렸다. 단순해져야 한다, 단순해져야 한다고 거듭 주문을 걸었다. 김고담은 뭐가 그리 좋은지 한동안 안 했던 농담을 다시 늘어놓았다. 적당히 보조를 맞춰 걷는데 하얀 옷을 입은 여자가 보였다. 빵집 앞을 지나가는 뒷모습이었는데 마치 그 소녀 같았다.

"잠깐만!"

나는 황급히 빵집을 향해 달렸다. 꼭 말을 걸어 보고 싶었다. 있는 힘껏 뛰어서 소녀를 따라잡았다. 소녀를 지나 앞을 가로막았다.

"뭐예요?"

다른 사람이었다.

"앗, 죄송합니다."

얼른 사과했다.

김고담이 뒤늦게 따라와서 한껏 궁금한 표정을 지었다.

"이상하게 보지 마. 다 그럴 일이 있으니까."

뛰어오느라 가빠진 숨을 고르는데 유리창 너머로 풍성하게 쌓인 빵이 보였다. 빵을 먹고 싶었지만 한 번도 사 먹지 못했다는 순희라는 분이 떠올랐다. 나는 먹고 싶으면 아무 때나 사 먹을 수 있는 빵을, 나는 아무 노동도 하지 않고 먹을 수 있는 빵을, 하루 내내 죽도록 일해도 사 먹지 못했던 순희였다. 폐병에 걸려 제대로 치료도 받지 못하고 일터에서 쫓겨나 외롭게 죽어 간 내 또래 소녀가 그토록 먹고 싶어 하던 빵이 유리창 너머에 수북이 쌓여 있었다.

"그래도 손님으로 가는데 빵이라도 사 갈까?"

내가 제안했다.

김고담이 기적이라도 목격한 것처럼 나를 살폈다.

"그딴 눈으로 보지 마."

"미안. 평소 너답지 않아서."

"내가 뭘?"

"아니야."

김고담은 얼른 내 눈을 피하더니 빵집으로 잽싸게 들어갔다.

김고담은 빵을 적당히 사서 나오려고 했지만 나는 살 수 있는 한 최대한 많이 골라 담았다. 종이 가방 네 개에 빵을 가득 담아서 둘이 양손에 들고 빵집을 나왔다. 물론 계산은 내가 했다.

"이렇게 많이 사도 되는 거야?"

빵집을 나오며 김고담이 걱정했다.

"선물이 너무 많아서 걱정인 거야, 내 용돈이 걱정인 거야?"

"선물이야 많으면 좋지만……."

"내 용돈 걱정은 안 해도 돼."

그렇게 쉽게 말했는데 갑자기 묵직한 진실이 나를 때렸다.

나는 돈 걱정을 한 적이 없었다. 필요한 돈은 언제든지 쓸 수 있었다. 내가 쓰지 않아서 그렇지 백화점에서 100만 원짜리 옷을 사도 뭐라고 하지 않는다. 물론 그런 적은 없지만 내가 적당한 이유를 대기만 하면 엄마도 아빠도 돈 쓰는 걸로 뭐라 하지 않는다. 나는 그러고 사는데, 어떤 이는 하루 내내 죽도록 일해도 먹고 싶은 빵을 사 먹지도 못한다. 또 어떤 회사는 하루 10만 원을 아끼려다 앞날이 창창한 청년을 죽게 만들었다. 나와 그 사람들이 과연 같은 세상에 사는 걸까? 할머니는 전태일 오빠가 돌아가신 뒤에 이런 불평등한 세상을 바꾸기 위해서 평생

싸우신 걸까? 갑자기 내가 걷는 길거리가 무척 낯설어졌다.

"고민 그만해. 단순하게 생각하라고 했잖아."

김고담은 내 속도 모르고 충고를 했다.

지역아동센터 간판이 눈에 들어왔다. 임혜서를 미행하면서 왔던 곳인데 이번에는 임혜서에게 부탁하려고 찾아오니 기분이 미묘했다. 김고담은 씩씩하게 센터를 향해 돌진했다. 마당에서는 그때 봤던 그 남자 선생님이 아이들과 떠들썩하게 놀고 있었다. 김고담이 인사를 하고 임혜서를 만나러 왔다고 말했다.

"혜서한테 들었어. 수업 중이니까 들어가서 잠깐만 기다려."

김고담은 머뭇거리지 않고 센터 안으로 들어갔다. 나는 끈에 묶인 듯 딸려 들어갔다. 실내화로 갈아 신다가 방에서 나오는 송근우와 눈이 마주쳤다. 송근우 얼굴이 딱딱하게 굳어지더니 시선을 피해 버렸다.

"혜서 어딨어?"

김고담이 물었다.

송근우는 고개를 숙인 채 손을 들어 복도 끝에 있는 방을 가리켰다. 김고담이 앞장서 갔다. 송근우 옆을 지나는데 여전히 비릿한 냄새가 났다. 송근우는 몸을 피하더니 조금 전에 나온 방으로 다시 들어가 버렸다. 방문에 달린 투명한 유리를 통해 안이 훤히 보였다. 송근우가 들어간 방에는 최필립과 서안나도 있었다. 송근우가 뭐라고 하자 최필립과 서안나가 동시에 고개를 들었다. 시선이 마주치자 이번에는 내가

촛불소녀, 청년 전태일을 만나다

먼저 피해 버렸다.

복도 끝 방으로 가서 유리를 통해 안을 봤다. 임혜서가 초등학교 고학년으로 보이는 애들을 데리고 수업을 하고 있었다. 내가 아는 임혜서와는 전혀 다른 임혜서가 그 안에 있었다. 밝고 활기찼고 가끔 농담도 던졌다. 김고담은 바보처럼 입을 벌리고 그런 임혜서를 바라보았다. 내가 옆구리를 찔러도 아랑곳하지 않았다.

곧이어 수업이 끝나고 아이들이 쏟아져 나왔다. 임혜서가 손짓으로 들어오라고 했다. 김고담이 임혜서에게 빵이 수북이 든 종이 가방을 건넸다.

"뭘 이렇게 많이 사 왔어?"

"내가 산 거 아니야."

김고담이 고갯짓을 했다. 나도 종이 가방을 내려놓았다. 임혜서가 김고담과 나를 대하는 표정은 봄과 겨울처럼 달랐다. 단순하게, 단순하게를 거듭 되뇌며 임혜서를 마주보고 앉았다.

"부탁이 있다고?"

임혜서가 차갑게 물었다.

"그게……."

김고담이 설명하려고 했다.

"됐어. 내가 할게."

내가 해야 할 부탁이었다. 내가 할 일을 김고담에게 떠넘기고 싶지 않았다.

"내 친구 이진석이라고 있어."

"아, 그 양아치 짓을 하고 다니는……."

바로 때려치우고 싶은 충동을 겨우 눌렀다.

"그래 그 양아치한테 꽤 괜찮은 형이 있어."

"너한테야 그렇겠지."

임혜서는 여전히 싸늘하게 반응했다. 그대로 설명을 이어가야 할지 의문이 들었지만 다시 한번 꾹 참고 설명을 계속 밀고 나갔다.

"걔 형이 편의점에서 알바를 하는데 점주한테 억울한 일을 당했어."

차갑던 임혜서 얼굴빛이 갑자기 바뀌었다. 조금 전까지와는 완전히 다른 느낌이었다. 진지하게 내 이야기에 귀를 기울였다. 나를 원수처럼 여기고, 이진석을 양아치라고 경멸하던 태도는 사라지고 없었다. 사연을 다 들은 임혜서는 진지하게 고민했다. 절친한 친구에게 닥친 고난을 해결해 주기 위해 고민하는 사람 같았다. 종이에 적바림하며 고민하던 임혜서는 연필을 내려놓더니 입을 열었다.

"세 가지 방향으로 대응을 하면 좋겠어. 첫째는 부당노동행위로 노동부에 신고하는 거야."

"부당노동행위가 뭔데?"

나는 이해하지 못한 단어를 곧바로 물었다.

"휴, 그것도 모르다니……, 간단히 말하면 부당노동행위는 노동법을 어기는 행위를 했다는 거야. 부당노동행위를 하면 노동부에 신고할 수 있어. 신고하면 노동부에서 조사가 들어갈 거야. 수습 기간에 임금과 주휴수당을 지급하는 규정은 근로기준법에 명시되어 있어서 그걸 어기면 무조건 처벌이야. 그러니까 부당노동행위로 신고하면 편의점주가 처벌을 받게 돼."

"그럼 진석이 형은 누명을 벗게 되는 거야?"

"아니. 그건 다른 문제야. 그 편의점주가 하는 짓은 악독한 편의점주들이 여러 곳에서 사용한 방법이야. 그렇지만 편의점주가 폐기되는 삼각김밥이나 도시락을 먹으라고 한 적이 없다고 발뺌하면 꼼짝없이 당할 수밖에 없어."

"그럼 어떻게 해?"

"내가 세 가지라고 했잖아."

노동이나 근로기준법에 대해서 나는 아무것도 몰랐다. 그 반면에 임혜서는 수학이나 과학에 관한 질문에 대답하듯이 명쾌하게 노동문제를 설명했다. 내 나름대로 공부를 잘한다고 자부했는데, 살아가면서 꼭 필요한 지식을 내가 전혀 모르다니 마치 바보가 된 기분이었다.

"둘째, 사연을 인터넷에 올려."

"그런다고 될까?"

"유명한 커뮤니티 같은 데 생생한 사연을 적어서 올리면 대중이 관심을 보이고, 그러면 언론이 관심을 두기도 하니까. 실제로 문제가 해결되지는 않겠지만 여론이 움직이면 유리한 환경이 조성될 거야."

내 생각에도 좋은 방법이었다.

"마지막이 가장 힘들면서도 필요한 행동이라고 생각하는데……."

임혜서는 잠시 뜸을 들였다.

"불매운동을 하는 거야."

"불매운동?"

"학원가가 밀집한 곳에 있는 편의점이라고 했잖아. 그러면 그곳을 이용하는 학생들이 엄청 많을 거야. 당연히 우리 학교 학생들도 많을 거고. 그걸 이용하는 거지. 불매운동을 하면 점주에게 직접 영향을 끼칠 뿐만 아니라, 언론이 관심을 끌게 만드는 데도 도움이 돼. 불매운동이 잘 되면 그 점주뿐 아니라 본사도 부담스럽게 될 테고, 그러면 그 편의점주도 다른 판단을 하게 될 거야."

괜찮은 방법이었다. 문제는 광범위한 불매운동을 만들어 낼 수 있는지 여부였다. 내 위치와 능력을 따져 봤다. 내가 작정하고 움직이면 불매운동을 못 할 것도 없겠다는 생각이 들었다. 최소한 우리 학년에서는 그 편의점을 이용하지 못하게 만들 수도 있을 것이다. 문제는 다른 학년, 다른 학교였다. 가만히 고민해 보니 그리 어려운 일도 아니었다. 불매운동을 하는 이유를 설명하는 홍보물을 만들어서, 우리 학교 학생들이 가는 학원마다 뿌리면 꽤 반응이 있을 것이다.

"좋아. 해 볼게. 조언 고마워."

고맙다는 말은 진심이었다.

나는 자리에서 일어났다. 김고담은 더 머물고 싶은지 어정쩡한 자세를 취했다.

"더 있고 싶으면 그냥 있어. 나 혼자 가도 돼."

"넌 혼자 다니면 안 되잖아?"

"택시 타고 가면 괜찮아."

방문 손잡이를 잡았다.

"내가……."

임혜서가 다급히 말을 꺼냈다.

"부당노동행위 신고서를 쓸 때 도와줄 수도 있어."

예상치 못한, 그리고 반가운 제안이었다.

"그래 주면 정말 고맙지."

우리 사이에 흐르던 긴장이 급격히 가라앉았다.

"내가 질문 하나 해도 될까?"

임혜서가 말했다.

나는 고개를 끄덕였다.

"왜 돕는 거야?"

"무슨 뜻이야?"

"양아치… 아니 이진석 형이 당했는데 네가 왜 돕는 거냐고?"

"그야 진석이는 내 친구니까."

"단지 그 이유뿐이야?"

임혜서가 무슨 의도로 묻는지는 분명했다. 나는 솔직하게 내 사정을 털어놓기로 했다.

"네가 아는지 모르지만, 너희 오빠를 추모하는 집회에 우리 할머니가 계속 나가고 계셔."

"아, 그 할머니……. 말씀은 많이 들었어."

임혜서 목소리가 확연히 바뀌었다.

"요즘 들어 할머니한테 이런저런 얘기를 많이 들었어. 그 때문에 내가 좀 바뀌었나 봐. 그리고……."

뒷말은 굳이 안 하려다가 그냥 내뱉기로 했다.

"그 오빠가 일하면서 부당한 일을 당했잖아. 억울한 피해를 보았고, 내가 도와줄 수 있으면 도와주는 게 옳다고 생각해."

나는 방문을 열었다. 임혜서가 따라 나왔다.

"고마워. 솔직하게 얘기해 줘서. 그리고 이 빵도……."

나는 고개를 살짝 틀어 빙그레 웃어 주었다. 김고담이 뒤에서 손을 방정맞게 흔들었다. 좋아하는 여자랑 있는 게 그리도 좋냐 하고 구박을 하고 싶었다.

지역아동센터를 빠져나오는데 조금은 어깨가 가벼워진 느낌이 들었다. 습격을 당한 뒤부터 나를 짓누르던 무게감이 사라진 듯했다. 택시를 잡으려다가 마음을 고쳐먹었다. 어둠이 내리는 거리를 느긋하게 혼자 걸었다. 사람들이 살아가는 모습을 눈여겨보며 길을 걸었다. 수많은 삶들이 내 걸음을 스쳐 지나갔다.

언제부터인지 하얀 옷 소녀가 나와 나란히 걸었다. 소녀 손에는 내가 전에 사 주었던 붕어빵 봉지가 들려 있었다.

09.

나를 아는 모든 나

친구들과 같이 놀러 가기로 한 날 나는 친구들을 지역아동센터로 모두 데리고 갔다. 다들 입이 오리주둥이처럼 튀어나올 만큼 불만이 많았지만, 맛있는 음식을 사 주겠다는 당근과 이진석 형이 잘못되면 이진석이 폭주할지도 모른다는 작은 채찍을 이용해 억지로 끌고 갔다. 지역아동센터에는 임혜서뿐 아니라 서안나, 송근우, 최필립도 있었다. 물론 임혜서만 보면 바보처럼 구는 김고담도 그 자리에 있었다.

내가 이진석 형이 겪는 부당한 일을 설명했다. 중간 중간에 임혜서가 근로기준법 조항을 알려 주며 내 설명에서 부족한 점을 채웠다. 우리는 각자 역할을 맡아 빠르게 일을 진행했다. 서안나는 인터넷에 올릴 글을 썼다. 언제나 손에서 책을 놓지 않더니 서안나 글 솜씨는 거의 소설가 수준이었다. 진한 감동과 억울함이 담긴 멋진 글이 서안나 손에서 탄생했다. 임혜서는 부당노당행위 신고서를 작성했다. 법률 근거와 힘없는 고등학생이 당한 부당함을 일목요연하게 정리한 글이었다. 유나정과 신채련은 나와 함께 전단지를 구성하며 전단지에 넣을 그림을 그렸다. 나는 전단지에 실을 문구를 썼다. 강지연은 편집 솜씨를 발휘해 휴대전화로 간단하게 공유할 수 있는 그림파일을 만들었다. 송근우와 최필립은 학교에서 사용할 홍보판을 만드는 데 필요한 재료를 준비했고, 홍다솜과 이수정은 홍보판을 예쁘게 꾸몄다. 김고담은 하는 일 없이 이곳저곳을 돌아다니며 분위기를 띄웠다. 일하는 내내 분위기는 화기애애했고, 처음에는 불만이 많던 내 친구들도 신나게 떠들며 일에 몰두했다.

전단지 시안이 다 나오자 나는 엄마가 소개해 준 디자이너에게 파일을 보냈다. 엄마에게 내 계획을 설명했는데 엄마는 군말 없이 흔쾌히 허락했다. 그러면서 깔끔하게 전단지를 만들어 줄 디자이너도 소개해 주었다. 전단지 인쇄비는 엄마가 냈다. 그 덕분에 돈 걱정 없이 전단지를 무려 십만 장이나 준비할 수 있었다. 십만 장이면 학원가 전체를 몇 겹으로 뒤덮어 버릴 만큼 많은 전단지였다. 토요일에 다 함께 모여서 작업을 했는데 전단지는 다음 날인 일요일 오후에 나왔다.

일요일 오후, 나는 협박과 설득을 뒤섞어서 친구들 스무 명을 지역 아동센터로 불러 모았다. 이진석도 친한 무리 열 명을 끌고 왔고, 김고담도 열다섯 명을 데려왔다. 간식비가 만만치 않게 들었지만, 내 뒤에는 엄마가 든든하게 뒷받침하고 있었기에 돈 부담은 없었다. 임혜서와 김고담이 분위기를 띄웠고, 이진석이 평소와 다르게 감동 어린 말로 참석한 애들 마음을 움직였다. 나는 다 같이 해야 할 불매운동 실행 계획을 알려 주었다. 다들 뭔가 대단한 일을 한다는 자부심이 들게 했다.

모든 준비를 마치고 월요일 아침부터 준비한 대로 움직였다. 학교 곳곳에 홍보판을 설치하기 위해서는 학교 측에 허락을 받아야 했다. 그 일은 내가 맡았다. 학생주임 선생님은 못마땅해했지만 교감 선생님이 흔쾌히 허락해 주셔서 허락은 쉽게 받았다. 그날 가져간 전단지 1만 장이 삽시간에 나갔다. 다음으로 서안나가 쓴 글을 인터넷에 올리고, 공유하고, 퍼트렸다. 강지연이 만든 그림파일도 서로서로 나누고 SNS에 공유했다. 임혜서가 쓴 부당노동행위 신고서는 임진석 형이 직접 노동부에 제출했다.

예상과 달리 불매운동은 바로 불이 붙지 않았다. 우리 학교 학생들은 그 편의점을 찾지 않았지만, 다른 학교 학생들은 별로 관심을 보이지 않았다. 그러는 사이에 이진석 형은 경찰 조사를 마치고 기소 의견으로 검찰로 넘겨졌다. 점주가 워낙 난리를 피우는 바람에 경찰도 어쩔 수 없다고 했다. 검찰이 사건을 검토 중인데, 경찰에 따르면 약식기소가 될 것 같다고 했다. 폐기할 음식을 먹은 죄로 재판까지 받아야 한다니 어처구니가 없었다.

지지부진하던 불매운동은 지역 언론사가 기사를 실으면서 불이 붙었다. 다들 우연히 그리된 줄 알지만, 사실은 엄마가 움직였기 때문이다. 엄마는 인맥을 이용해 기자를 섭외했고, 기자는 흥미로운 가십처럼 기사를 썼다. 기사가 나오자 갑자기 다른 학교 학생들이 반응을 보였다. 단 하루 만에 불매운동은 불이 붙듯이 번져 나갔고, 그 편의점을 이용하는 손님들이 눈에 띄게 줄었다. 마침내 중앙방송국에서도 취재해서 뉴스가 실리기도 했다.

뉴스가 나온 다음 날, 편의점 주인이 우리를 찾아왔다. 나는 임혜서, 김고담, 이진석과 함께 편의점 주인을 만났다. 편의점 주인은 그동안 노동부 조사도 받고, 불매운동으로 매출이 줄고, 방송까지 되면서 고생이 심한 듯했다. 우리가 제시한 요구 조건은 간단했다. 고소를 취하하고, 이진석 형에게 진심 어린 사과를 하고, 밀린 임금을 지급하라는 요구였다. 또한 앞으로 노동법을 제대로 준수하며 아르바이트를 고용할 것도 약속하라고 했다. 이번 사건으로 이진석 형이 제대로 공부도 못 하고 마음고생을 한 데 대한 배상까지 요구할까 했지만, 이진석이 그건 하지 말자고 해서 참았다.

편의점 주인은 곧바로 약속을 지켰다. 다른 애들이 찍은 사진을 보니 편의점 주인이 내건 사과문이 편의점 앞에 크게 붙어 있었다. 그날 저녁, 고생한 친구들끼리 지역아동센터에서 모여 조촐한 잔치를 벌였다. 한참 신나게 치킨과 음료수를 먹으며 수다를 떠는데 임혜서가 나를 밖으로 불렀다.

"고마워."

임혜서가 조심스럽게 말을 꺼냈다.

"내가 고맙지."

나는 싱긋 웃었다.

"네가 아니었으면 이렇게 못 했어."

빈말이 아니라 사실이었다.

임혜서가 가볍게 고개를 저었다.

"그렇지 않아."

임혜서 입술이 기묘하게 흔들렸다.

"나는 네 아빠를 원수로 생각해. 우리 오빠를 죽게 한."

원수라는 낱말을 애써 흘려보내려 했지만, 내 감각은 그러지 못했다. 눈이 파르르 떨리고 팔이 바늘로 찔린 듯 쩌릿했다.

"그런데 그 딸이 힘없는 노동자를 위해서 온 힘을 다해 노력하다니…… 정말 감동이었어."

감동이란 낱말에 떨림이 가라앉았다.

"그건 이진석이 내 친구라서……."

"너도 말했잖아. 단지 친구라서가 아니라고."

나는 가만히 있었다.

"나는 나쁜 인간들은 모조리 쳐부수어야만 한다고 생각했는데……, 너를 보면서 다른 방식도 가능할지도 모르겠다는 희망이 생겼어. 그래서 고맙다고 한 거야."

임혜서가 손을 내밀었다.

머뭇거리다가 그 손을 살며시 잡았다.

손바닥에서 싱그러운 꽃향기가 피어올랐다.

집으로 가는 길에 한참 농담을 하던 김고담이 느닷없이 화제를 돌렸다.

"널 습격한 범인 있잖아, 내가 새로운 용의자를 찾았어. 아무래도 가능성이 커 보여."

나는 물끄러미 김고담을 봤다.

"이래 봬도 내가 꽤 끈질기잖아. 불매운동이다 공부다 바쁜 와중에도 꾸준히 조사한 끝에, 진범일 가능성이 큰 용의자를 발견했어."

나는 걸음을 멈추었다.

"나 때문이야, 혜서 때문이야?"

아무래도 김고담은 임혜서가 의심받는 꼴은 죽어도 보기 싫은 모양이었다. 사랑에 빠지면 저렇게 되는 걸까?

"아… 그야… 둘 다지."

김고담이 머리를 긁적였다.

"용의자가 누군지 말해 줄까?"

김고담이 물었다.

나는 짧게 숨을 내쉬고는 고개를 저었다.

"알려 주지 마."

"범인을 안 잡을 생각이야?"

김고담이 뜻밖이라는 듯 물었다.

촛불소녀, 청년 전태일을 만나다

"그날 나한테 어떤 일이 왜 벌어졌는지 내가 다 안다고 하면……, 믿겠니?"

"정말?"

김고담 표정에서 불안함이 스쳤다.

"임혜서는 아니니까 안심해. 서안나나 송근우도 아니고."

"휴, 그렇구나."

사촌이 내 걱정은 안 하고 좋아하는 사람만 걱정하니 괜히 심통이 났다.

"그럼 도대체 뭐야?"

"궁금하니?"

"당연히 궁금하지."

"내가 알려 줘도 넌 안 믿을 테니 말 안 할래."

나는 다시 걸음을 옮겼다. 김고담은 따라오며 거듭 물었다. 나는 모른 척하며 더 빨리 걸으면서 김고담이 안달복달하는 상황을 즐겼다.

내 옆으로 하얀 옷 소녀가 나란히 걷는다. 물론 김고담은 그 소녀를 볼 수 없다. 오직 내게만 보이는 소녀다. 나는 소녀에게 손을 내민다. 소녀가 내 손을 잡는다. 봉제공장에서 힘겨운 노동을 하느라 부르튼 살결은 거칠지만, 그 어떤 손보다 따스하다.

소녀와 내가 잡은 손에서 싱그러운 꽃향기가 피어난다.

　　　　　　　＊ ＊ ＊

교문 앞에 할머니 차가 기다렸다.

"괜찮겠니?"

"과외 시간도 다 바꾸고, 엄마 허락도 받았어요."

"아빠한테는……?"

"아직은… 비밀이죠."

"마치 세 여자가 작당해서 못된 짓 하는 것 같네."

"히히, 영화 같아요."

즐거운 웃음과 함께 차는 목적지를 향해 달렸다.

주차를 하고 청계천을 따라 걸었다. 할머니와 다정하게 팔짱을 끼고 걸으며 즐겁게 대화를 나눴다.

"여기야."

다리 입구에 '전태일 다리'란 이름이 새겨져 있었다. 주변 거리 바닥에는 수많은 사람이 전태일 오빠를 기억하며 쓴 동판이 박혀 있었고, 다리 위에는 전태일 오빠 상반신을 형상화한 동상이 세워져 있었다. 동상 앞에 꽃을 바치고 가만히 묵념했다. 할머니는 동상을 가만히 쓰다듬더니 눈물을 훔쳤다.

조금 뒤, 사람들이 한 명씩 두 명씩 모여들었다. 사람들 속에 섞여서 행사가 진행되길 가만히 기다렸다. 주위가 조금씩 어두워지고, 어떤

　　　　　　　　　　　　　　촛불소녀, 청년 전태일을 만나다

사람이 내게 초를 건넸다. 한 사람 한 사람씩 촛불을 켰다. 촛불이 도미노처럼 다리 위로 퍼졌다.

하얀 옷을 입은 소녀가 동상 옆에 서서 나를 본다.
잘생긴 오빠가 소녀 뒤에서 앞으로 걸어 나온다.
오빠가 소녀 옆에 나란히 선다.
소녀 손에는 내가 사 준 붕어빵이 들려 있다.
소녀가 붕어빵을 꺼내 오빠에게 건넨다.
오빠가 붕어빵을 받아서 먹는다.
소녀도 먹는다.
둘 다 행복해 보인다.

내가 든 초에도 불이 붙는다.
촛불이 내 손위에서 환하게 빛난다.
보이지 않는 손이 팔에 생긴 화상자국을 부드럽게 쓰다듬는다.
행사가 진행되는 내내
오빠와 소녀는 동상 옆에 나란히 서서 행사를 구경한다.
단상에 오른 이가 전태일 오빠가 남긴 유서를 읽는다.

유서를 읽는 소리에 맞춰 하얀 옷 소녀와 전태일 오빠가 우리에게 서서히 다가온다.

가까이 다가올수록 모습이 희미해지더니, 소녀와 오빠가, 아니 청년 전태일과 순희가 우리 속으로 스며든다.

유서 낭독이 끝나자 모두 하나 되어 노래를 부른다.

나는 조용히 '안녕'이라고 말한다.

11월 13일 밤은 그렇게 깊어간다.

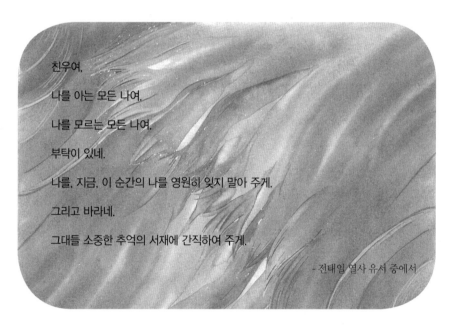

친우여,

나를 아는 모든 나여,

나를 모르는 모든 나여,

부탁이 있네.

나를, 지금, 이 순간의 나를 영원히 잊지 말아 주게.

그리고 바라네.

그대들 소중한 추억의 서재에 간직하여 주게.

- 전태일 열사 유서 중에서

촛불소녀, 청년 전태일을 만나다